꿈찾기
게임

꿈 찾기 게임

청소년 성장소설 십대들의 힐링캠프, 도전

[십대들의 힐링캠프®] 시리즈 NO.47

지은이 | 김애란
발행인 | 김경아

2022년 7월 1일 1판 1쇄 인쇄
2022년 7월 7일 1판 1쇄 발행

이 책을 만든 사람들
책임 기획 | 김경아
기획 | 김효정
북 디자인 | KHJ북디자인
표지 삽화 | 발라
표지 삽화 | 글쓴이
교정 교열 | 좋은글
경영 지원 | 홍종남

이 책을 함께 만든 사람들
종이 | 제이피씨 정동수 · 정충엽
제작 및 인쇄 | 천일문화사 유재상

청소년 기획위원
정가인, 양태훈, 양재욱

펴낸곳 | 행복한나무
출판등록 | 2007년 3월 7일. 제 2007-5호
주소 | 경기도 남양주시 도농로 34, 301동 301호(다산동, 플루리움)
전화 | 02) 322-3856 팩스 | 02) 322-3857
홈페이지 | www.ihappytree.com
도서 문의(출판사 e-mail) | e21chope@daum.net
내용 문의(지은이 e-mail) | aflowerpot@hanmail.net
※ 이 책을 읽다가 궁금한 점이 있을 때는 지은이 e-mail을 이용해 주세요.

ⓒ 김애란, 2022
ISBN 979-11-88758-48-7
"행복한나무" 도서번호 : 149

꿈찾기 게임

| 김애란 지음 |

차례

꿈 찾기 게임

모를 일이었다. 숙제를 생각하는 내내, 그리고 숙제하는 내내 왜 하회탈 할아버지 말이 귓전을 울려 댔는지. 또 자전거를 배우는 배롱나무 할머니의 모습이 왜 자꾸만 눈앞에 아른거렸는지.

나는 내가 진정으로 원하는 게 무엇인지, 내가 즐겁게 할 수 있는 게 무엇인지, 그러니까 쉽게 말해 내 진짜 꿈은 무엇인지 알아내고 싶었다.

　　나보다 한 살 많은 주혜 언니는 단 10초 만에 숙제를 끝마쳤다. 언니의 숙제는 20년 후 자기 모습에 대한 글을 써 가는 것이었다.

　　20년 후의 내 나이 33살. 치과의사.

　　이게 언니의 미래 모습이었다. 단 한 번의 망설임도 없이 쓴 단 한 줄의 미래. 뭔가 잘못됐다는 생각이 들었다.

"언니, 이상하잖아. 왜 한 줄밖에 안 돼?"

내 질문이 새삼스럽다는 듯이 언니는 눈을 크게 뜨고 나를 바라봤다. 백 원짜리 동전만 한 언니의 눈이 오백 원짜리 동전만 해졌다.

"치과의사 하면 설명 끝나는 거야. 치과의사라는 말속에 돈 많이 번다, 잘 먹고 잘산다, 이런 말들 다 포함되어 있는 거라고."

잔뜩 거들먹거리는 저 태도라니, 우습지만 봐주기로 했다. 거들먹거리는 게 특기인 언니니까.

"그게 아니라, 어떻게 되고 싶은 게 딱 하나야? 그것도 끔찍한 치과의사!"

맞는 말이었다. 이빨을 다섯 개나 갈아치운 내게 치과의사는 정말이지 끔찍했다. 무시무시한 펜치로 썩은 이빨을 뽑고, 소름 돋는 드릴로 이빨을 갈아 대는 치과의사라니!

"걱정하지 마. 그때 되면 내가 하나도 안 아픈 치료법을 개발할 테니까."

누가 거들먹쟁이 아니랄까 봐 언니는 또 거들먹거렸다.

"그건 그렇고, 언니는 되고 싶은 게 치과의사밖에 없어?"

내 물음에 언니의 눈이 다시 커졌다. 나는 당연한 걸 물었을 뿐인데 왜 언니의 눈은 개구리 울음주머니처럼 자꾸만 커졌다, 작아졌다 하는 걸까?

"하나 되기도 힘들어. 치과의사가 되려면 얼마나 공부를 열심히 해야 하는데. 다른 데 눈 돌릴 틈이 어디 있어?"

그때까지 잠자코 빨래를 개고 있던 엄마가 끼어들었다. 아무 때나 눈치 없이 끼어드는 엄마. 난 숙녀 대 숙녀로서 진정한 자매와의 대화를 나누고 싶다고요오!

엄마는 이런 내 맘을 아는지 모르는지 내게 눈을 흘기고는 '아무 생각 말고 공부나 열심히 해.' 하며 언니의 등을 툭툭 두드려 주었다. 흐뭇한 미소가 번지는 엄마의 저 얼굴. 엄마는 그야말로 편애의 여왕이었다. 공부 잘하는 언니한테는 지나치다 싶게 너그러우면서 나한테는 사사건건 트집이고 잔소리였다.

'굽은 나무가 선산 지킨다는데, 두고 보라지. 흥!'

나는 팩 토라져서 집을 나와 버렸다. 겁 없이 가출했다는 얘기는 아니고, 돌은 화를 좀 가라앉힐까 하여 엄마 없는 밖으로 나왔다는 얘기다. 팍팍 내딛는 보도블록 위로 말간 봄 햇살이 쏟아지고 있었다.

집에서 나와 골목을 두세 번 돌면 손바닥만 한 공터가 나왔다. 그 공터 한쪽에 배롱나무가 한 그루 서 있고, 그 배롱나무에서 서너 걸음 더 가면 배롱나무 집 허름한 대문으로 들어설 수 있었다.

언제나 열려 있는 양철 대문을 들어가면, 바로 거기, 울렁거리는 속을 가라앉히는 하회탈 할아버지가 있었다. 하회탈 할아버지. 동네 사람들은 배롱나무 집 할아버지를 그렇게 불렀다.

하회탈 할아버지는 얼굴이 정말로 하회탈을 닮았다. 할아버지의 아주 천천히 날갯짓하는 것만 같은 갈매기 눈썹과, 순박해 보이는 돼지코, 언제나 입꼬리가 올라가 있는 입, 영락없는 하회탈이었다. 할아버지 웃는 얼굴을 생각하니 벌써 화가 좀 가라앉는 느낌이었다.

공터에서는 배롱나무 집 할머니가 혼자서 자전거를 배우고 있었다. 자전거 앞바퀴가 위태롭게 흔들렸다. 그 바람에 할머니가 넘어질 것만 같았다. 보는 나는 조마조마한데, 할머니는 그저 즐거운가 보았다.

"할머니, 보조 바퀴를 다세요."

이 말. 벌써 내가 여러 번 배롱나무 할머니한테 한 말이었다. 그때마다 할머니는 일없다는 듯이 손을 휘휘 내저었다. 오늘도 마찬가지였다. 인생은 70부터라고 말하는 할머니. 그러면서도 꼬맹이로 보이기는 싫은가 보다.

나는 아슬아슬하게 자전거를 피해 집안으로 냅다 뛰어들었다.

"우리 꼬마 친구가 오는군."

대청마루에 앉아있던 하회탈 할아버지가 읽던 책에서 눈을 떼고 웃었다.

"할아버지~."

나는 추임새를 길게 늘이며 할아버지 곁으로 바짝 다가앉았다.

"보아하니 우리 꼬마 친구가 또 마음이 고픈 게로구먼."

할아버지는 내 얼굴만 보고도, 내 목소리만 듣고도 내 맘을 척척 읽어 냈다. 나는 말없이 고개를 끄덕였다. 할아버지가 코끝으로 내렸던 돋보기 안경을 벗어서 책 위에 올려놓았다.

"우리 엄마는 계모 같아요."

갑자기 입속에서 용수철이 튕겨 나오듯 나도 모르게 이 말이 툭 튀어나왔다. 내 말을 듣고도 할아버지는 하회탈처럼 웃고만 있었다. 찔끔했지만 나는 계속했다.

"엄마는 언니만 예뻐해요. 공부 잘한다고 공주처럼 떠받든다니까요!"

그 어떤 말에도 할아버지 얼굴의 미소는 변함이 없었다. 신기하다 못해 신비스럽기까지 했다. 그래서 하회탈 할아버지겠지만 말이다.

"언니한테는 호호 헤헤하면서, 나한테는 못 잡아먹어 안달이에요. 툭하면 이담에 뭐가 되려고 그러냐고 구박이라니까요."

할아버지 얼굴의 미소가 짙어졌다. 주름도 따라서 짙어졌다. 할아버지는 가끔 이렇듯 그저 아무 말 없이 웃기만 했다. 그래도 나는 무슨 이야기라도 실컷 들은 양 맘이 풀어지곤 했다. 지금도 꽈배기처럼 꼬여 있던 마음이 제풀에 스르르 풀어져 버렸다.

"근데 할아버지는 왜 이렇게 책을 많이 읽으세요?"

내가 묻자 할아버지는 빙그레 웃으면서 그게 궁금하냐고 내게 물었다. 내가 침을 꼴깍 삼키며 눈을 동그랗게 뜨고 바라보자 할아버지가 하는 말.

"꿈."

나도 모르게 귀가 번쩍 뜨였다. 꿈이라니? 꿈이라는 말, 그건 할아버지처럼 늙은 사람과는 어울리지 않는 말인 줄 알았다.

"꿈 때문이지. 이 할아비지가 아직도 꿈을 꾸고 있거든."

얼굴엔 주름살투성이고, 머리는 하얗게 셀대로 센 할아버지가 아직도 꿈을 꾼다는 게 먼 나라 이야기인 것만 같았다. 나는 멀뚱히 할아버지를 쳐다볼 뿐 아무 말도 하지 못했다.

"우리도 맘은 이팔청춘이지."

할아버지가 헛기침을 몇 번 하고는 저기를 보라며 손가락으로 밖을 가리켰다. 할아버지가 가리키는 곳에 자전거 배우기에 여념이 없는 할머니가 있었다. 할머니 주위로 봄 햇살이 하얗게 달려들고 있었다.

20년 후의 자기 모습 쓰기 숙제가 전염병처럼 돌고 있는 모양인지, 우리 선생님도 똑같은 숙제를 내주었다. 언니는 전염병이 아니라 학생들을 파악하려는 선생님들의 잔꾀(언니는 이런 말을 곧잘 쓰는데, 그럴 때면 언니가 모범생이라는 게 의심스럽다.)라고 말해 주었다.

다음 날 다른 아이들은 빠짐없이 숙제를 해 왔다. 나는 할 수가 없었다. 나는 되고 싶은 게 너무 많아서 그걸 다 쓰자면 며칠이 걸릴 것이었다. 아니 어쩌면 몇 달이 걸릴지도 모르겠다.

나만 빼고 다른 아이들은 다 칭찬스티커를 받았다. 나는 숙제 면제 조커를 사용하지 않기로 했다. 한 장밖에 없는 숙제 면제 조커를 일찌감치 없애고 싶지는 않았다. 그렇다고 갖가지 조커와 맞바꿀 수 있는 칭찬스티커를 포기한다는 것도 내키지 않았다.

몇 달이 걸릴지도 모르는 이번 숙제를 단번에 끝낼 방법을 찾아야 했다. 나는 수업 시간이건 쉬는 시간이건 그 문제를 해결하기 위해 머리를 짜냈다.

"지혜야, 어디 아프니?"

급식 시간에 선생님이 물었다. 내가 골머리를 썩이느라 밥을 깨작깨작 먹고 있는 것을 본 것이었다.

"선생님, 저는 되고 싶은 게 너무 많은데 어떻게 그걸 다 쓰지요?"

"그래서 숙제를 안 해 왔구나. 그중에서 제일 되고 싶은 것 하나만 쓰면 되지."

선생님은 빙그레 웃으며 다시 밥을 먹었다. 선생님은 아주 간단하게 말했지만, 내게는 그렇게 간단한 문제가 아니었다. 내가 제일 되고 싶은 게 뭔지 아직 모르고 있었으니까.

"선생님, 저는 제가 제일 되고 싶은 게 뭔지 아직 잘 모르겠는데요."

선생님은 입안 가득 들어 있는 밥을 씹으면서 말했다.

"그럼 무엇이 제일 되고 싶은지 잘 생각해 보면 되지."

선생님은 그건 밥 먹는 것처럼 쉬운 거야, 하고 말하듯이 계속해서 오물오물 밥을 씹었다.

나는 밥알을 세듯이 천천히 먹으면서 생각해 봤다. 아무리 생각해 봐도 내가 가장 되고 싶은 게 뭔지 알 수는 없었다.

며칠이 지나도록 숙제를 해 가지 못했다. 선생님은 아직도 생각 중인가 보군, 하면서도 숙제는 꼭 내야 한다고 못 박았다.

곰곰히 생각해 봐도 해결책이 떠오르지 않아 언니의 도움을 받기로 했다. 내키지는 않았지만 어쩔 수 없었다. 언니는 머리 좋은 학생이니까 무슨 뾰족한 수가 있을 것이었다. 언니의 대답은 뜻밖에도 너무 간단했다.

"대충 하나 골라잡아."

어쩔 수 없이 나는 언니의 말대로 하기로 했다.

꿈에도 그리는 내 꿈은 치과의사보다 멋진 사람이 되는 것이다…….

모를 일이었다. 숙제를 생각하는 내내, 그리고 숙제하는 내내 왜 하회탈 할아버지 말이 귓전을 울려 댔는지. 또 자전거를 배우는 배롱나무 할머니의 모습이 왜 자꾸만 눈앞에 아른거렸는지.

"이걸 쓰는 데 그렇게 시간이 많이 필요했던 거니?"

선생님이 웃어서 얼굴이 화끈 달아올랐다. 숙제를 냈다고 끝난 것은 아니었다. 내가 낸 숙제는 형식적인 것에 불과했다. 선생님이 경고한 마지막 날이 가까워지고 있었으니까.

나는 내가 과연 진정으로 원하는 게 무엇인지, 내가 가장 잘할 수 있는 게 무엇인지, 내가 즐겁게 할 수 있는 게 무엇인지, 그러니까 쉽게 말해 내 진짜 꿈은 무엇인지 알아내고 싶었다.

터덜터덜 공터를 지나다 말고 문득 배롱나무 집에 들렀을 때, 할아버지가 말했다.

"저 친구가 나보다 용감한 사람이야."

할아버지는 할머니를 언제나 친구라고 했다. 할아버지 입에서 나오는 친구라는 말이 왠지 내가 말하는 친구보다 훨씬 더 다정한 느낌을 주는 것만 같았다.

나는 할머니를 보았다. 할아버지의 말이 무슨 뜻인지 알쏭달쏭했지만 그런 것도 같았다. 앉아서 책만 읽는 할아버지보다는 몇 번이고 넘어지면서도 자전거 배우기를 포기하지 않는 할머니가 더 용감해 보였으니까.

할아버지가 보는 책은 어느새 바뀌어 있었다.

"할아버지는 책을 참 많이 읽으시네요."

"그래, 아직도 얻어야 할 지혜가 많구나."

소설책에서 지혜를 얻나? 잘 모르겠다. 고개가 저절로 갸웃거려졌다. 그런 나를 보고 할아버지는 또 빙긋이 웃어넘기더니 조그마한 공책에 무언가를 기록했다.

"할아버지 그게 뭐예요?"

할아버지 말에 의하면 그건 바로 꿈 통장이었다. 꿈을 저축하는 꿈 통장. 할아버지가 초등학교 6학년, 그러니까 주혜 언니만 할 때부터 만들어 왔다고 했다. 자그마치 수십 년. 이건 정말 빅뉴스였다. 내 입이 저절로 벌어졌다.

"독서기록장이네요."

내 말에 할아버지가 정색했다.

"이건 단순히 독서기록장이 아니란다. 내 꿈을 향해 한 발한 발 내딛는 거지. 나는 여기에다 내 꿈을 저축하고 꼬박꼬박 이자를 받거든."

꿈을 저축한다는 말은 알겠는데 이자라는 말은 도대체 모르겠다.

"뭔 말인지 모르겠지? 해 본 사람만이 안다."

할아버지가 더는 아무 말도 하지 않고 아주 굼뜨게 일어나 벽장문을 열었다. 3단 서랍장만 한 벽장 안에 낡은 공책들이 빼곡했다. 그때까지도 벌어져 있던 내 입이 더, 더 크게 벌어졌다는 것은 두말할 것도 없겠다.

며칠 내내 할아버지의 꿈 통장이 눈앞에 오락가락했다. '이자'는 어떻게 불어나는 걸까 궁금했고, 나도 그런 이자 한번 듬뿍 받아 보고 싶다는 생각이 들었다.

'좋아, 나도 한번 해 보는 거야.'

나는 결심했다. 나도 꿈 통장을 하나 만들기로. 차곡차곡 꿈 통장을 채워 나가다 보면 언젠가 나도 내 진짜 꿈에 가 닿을 것이라는 생각이 들었다!

'내가 하고 싶은 일 하나하나를 한번 경험해 보자. 아주 똑같이 할 수는 없어도 비슷하게나마 흉내라도 내 보면 내 진짜 꿈이 무엇인지 알 수 있을 거야. 누가 알아? 이자도 듬뿍 받게 될지!!'

상상만 해도 가슴이 마구 설렜다. 나는 당장 꿈 통장을 만들었다. 하회탈 할아버지 것보다 두 배는 더 큰 공책에다 '꿈 통장'이라고 썼다. 그런데 꿈 통장이란 말이 어딘가 촌스러운 느낌이 들었다. 좀 세련된 말이 없을까? 나는 꿈 통장이란 말을 지우고 **'꿈 찾기 게임'**이라고 진하게 썼다. 이건 어디까지나 게임이었다. 내 꿈을 찾을 때까지 즐겁게 해야 하는 게임 말이다. 부제로 '내 진짜 꿈을 찾아서'라고 썼다. 이 문장에는 밑줄을 두 줄이나 쫙쫙 그었다.

첫 번째 꿈 찾기, 영화감독

누구나 배우가 되고, 누구나 스텝이 되고, 누구나 감독이 되는
그런 영화를 만들어야지.
카메라만 갖다 대도 그 자체가 작품이 되는 영화!
그런 영화가 진짜 영화야!!

　나는 내 꿈 찾기 게임에 대해 식구들에게 공개했다. 앞으로 게임을 진행하는 데 있어 식구들의 도움을 얻고 싶어서였다. 어떤 도움이 될지는 아직 모르고 있었지만.

　무엇보다 내 존재감을 드러내고 싶어서였는지도 몰랐다. 언니한테 치여 존재감 없이 사는 나도 밟으면 꿈틀한다는 걸 보여 주고 싶었다고나 할까.

　어쨌든 나도 언니 못지않게 숨 쉬고 있다는 것, 꿈꾸는 한 인격체라는 걸 알아주었으면 싶었다. 딴짓하지 말고 공부나 하라든가, 네가 하는 짓이 다 그렇지 라든가, 피곤해 저리가. 이런 말들이 아닌, 그래 네가 무엇을 하든 나는 너를 믿어, 잘해 봐 너를 응원할게, 말해, 뭐든 들어줄게. 이런 말들을 해 준다면 더 바랄 게 없었다.

솔직히 말하면, 공부 못하는 불량학생에 귀찮은 말썽쟁이에 쓸데없는 장난꾸러기가 아닌, 나, 진정한 나 서지혜를 발견하고, 서지혜 그대로를 인정해 달라는 몸부림인지도 몰랐다. 그런데도 얄미운 언니는 "쳇, 오징어 게임이 열풍을 일으키니까 개나 소나 다 게임이래. 요 앞 헬스장은 다이어트 게임이라던데, 넌 꿈 찾기 게임이냐?"며 빈정거렸다.

엄마는,

"뭐 또 재밌는 놀이를 발견한 모양인데, 하다 말겠지."
했다.

그러거나 말거나다. 난 끝까지 이 게임을 즐겁게 해내겠다고 더욱더 굳게 마음먹을 뿐이었다.

내 첫 번째 꿈은 영화감독이었다. 내가 영화감독이 되겠다고 마음먹은 것은 영화 '마음이 2'를 보고 나서였다. 선생님이 좋은 영화라며 보여 준 '마음이 2'는 어미 개 마음이와 새끼 강아지와의 애틋한 사랑이 꽤 감동적인 영화였다.

'마음이 2'를 보고 나서 든 생각은 두 가지였다. 하나는 저런 감동적인 영화를 만들고 싶다는 것이었고, 다른 하나는 마음이 같은 개를 키우고 싶다는 거였다.

이제부터 나는 내가 그때 품었던 영화감독이라는 것이 나와 얼마나 맞는지 알아봐야겠다. 운 좋게도 카메라는 언제나 내 손안에 들어 있다! 바로바로 최신형 스마트폰!! (단언컨대 스마트폰은 인류 최대의 발명품임에 틀림이 없다.) 내 스마트폰에는 카메라 렌즈가 무려 3개나 달려있었다. 당장 영화제작에 돌입할 수 있었다!!

언니는 무슨 영화가 시나리오도 없냐고 빈정거렸고, 유튜브를 영화로 착각하는 바보라고 놀리기도 했다.

"나는 일반 영화랑 다른 나만의 영화를 만들 거거든."

그럴 때면 나는 언니 코앞에서 혀를 쏙 내밀었다.

나는 밥 먹다 말고 갑자기 숟가락을 내려놓았다. 식구들이 밥 먹는 모습을 카메라에 담을 요량이었다.

"밥이나 좀 먹고 나서 해라."

내가 뭘 하려는지 알아챈 엄마가 못마땅한 투로 말했다. 그러거나 말거나 나는 주머니에서 스마트폰을 꺼냈다.

식구들이 밥 먹는 모습이 그럴싸했다. 아빠는 뭇국에 밥을 말아 후룩후룩 들이켜고 있었다. 어찌나 탐스럽게 먹는지 마치 세상에서 가장 맛난 음식을 먹는 것만 같았다. 가끔가다가 고추를 먹는 모습도 일품이었다. 빨간 고추장에 풋고추를 푹, 박았다가 한입 베어 무는데 그 큰 고추가 단번에 꼭지만 남았다.

엄마는 연신 기다란 배추김치를 손으로 죽죽 찢어 놓았다. 손에 묻은 김치 양념을 빨아먹는 모습이 여간 볼만한 게 아니었다. (저 모습을 보고 누가 교양 있는 미시족이라고 하겠는가 말이다. 남도 아니고 자신이 우긴다는 건 좀 우습지만, 엄마는 자신이 당당한 미시족이라고 우긴다.)

엄마가 기다란 배추김치를 숟가락에 얹어 들고 막 손가락에 묻은 양념을 빨려고 입을 벌린 찰나.

"레디 액션!"

나는 의기양양하게 외쳤다.

"에라, 레디 액션은 무슨. 그 손 치우고 밥이나 퍼 먹어."

엄마가 내 머리에 꿀밤을 먹였다.

"엄마, 이럴 때 영화배우 한번 해 보면 좋잖아. 여기 신경 쓰지 말고 하려던 거 계속해."

나는 카메라 렌즈로 엄마 입을 겨냥했다.

"영화배우 안 해도 되니까 딴 데 가서 알아봐."

엄마가 손가락을 쪽쪽 빨며 대꾸했다.

"음~ 좋아. 바로 그거야."

나는 엄마의 자연스러운 모습이 맘에 딱 들었다.

"영화라면 현빈처럼 잘생긴 남자도 나오고 손예진처럼 예쁜 여자도 나와야 하는 거 아니니?"

엄마가 구시렁거렸다.

"내 영화는 다르거든."

양양한 내 말에 엄마가 토를 달았다.

"암, 다르겠지. 하라는 공부 안 하고 설칠 때부터 내가 알아봤지."

꼭 저렇게 초를 쳐야 하나. 아침부터 기분이 꽝 되었다. 그래도 꿈 많은 내가 참아야지, 암.

언니는 카메라만 들이대면 뱁새눈을 하고 째려봤다.

"시간 널널하구나"

비꼬기도 하고,

"아무나 영화감독 되냐?"

비아냥거렸다. 그래 봐야 개구리 대가리에 찬물 끼얹기였다. 나는 눈 하나 깜짝하지 않았다. 나는 무엇이든지 카메라에 담아 보는 게 재미있었다. 카메라 렌즈를 통해서 보는 모든 장면이 영화의 한 장면처럼 멋져 보였다. 아니, 내게는 그것이 한 편의 영화였다. 카메라 렌즈에 들어오는 사람들 모두가 영화배우였다.

막 골목을 내달리는데 배롱나무 집에서 누렁이가 신발 한 짝을 물고 나오는 것이 보였다. 나는 이번에도 한 편 찍어야지, 하는 발동이 걸렸다. 주머니에서 스마트폰을 꺼내 조심스럽게 누렁이를 쫓았다. 누렁이는 물고 있던 신발을 담 밑 배롱나무 뒤에 감춰 두고는 뽀르르 집으로 들어가 버렸다.

나는 낮은 담장 너머로 계속해서 누렁이를 쫓아 카메라를 움직였다. 누렁이가 살래살래 꼬리치며 봉당에 뛰어올랐다. 마루 끝에 서서 신발을 찾던 할아버지가 누렁이한테 넌지시 물었다.

"누렁아, 니가 신발 숨겼니?"

누렁이는 짐짓 모르는 채 꼬리만 살랑거릴 뿐이었다. 호통을 쳐도 들을까 말까 할 판국에, 마냥 사람 좋게 웃는 하회탈 할아버지 말을 누렁이가 들을 리 없었다.

부엌문이 열리더니 할머니가 나왔다. 누렁이가 잽싸게 달려가 할머니 발치에서 뱅뱅 돌았다.

"이놈이 신발을 또 어디다 숨긴 거여?"

할머니가 마루 밑을 살펴보더니, 봉당에 덩그러니 놓인 할아버지 신발 한 짝을 들어 누렁이 코앞에 대고 호통을 쳤다.

"냉큼 가서 이거 한 짝 가져와. 안 가져오면 다리가 부러질 지 알어."

할머니 말이 떨어지기 무섭게 신기하게도 누렁이가 마당을 가로질러 대문 밖으로 달려 나왔다. 배롱나무 뒤에서 신발을 찾아 물고 할머니 앞에 갖다 놓았다. 똥개한테는 친절보다 호통이 약발이 잘 듣는 모양이었다.

　누렁이는 뭐가 그렇게 좋은지 연신 꼬리를 흔들어 댔다. 나는 누렁이 꼬리를 계속 카메라에 담았다. 살랑살랑 흔들리는 누렁이 꼬리는 아무리 봐도 귀여웠다.

　"지혜야, 너 여기서 뭐 해?"

　같은 반인 재미와 재미의 그 잘난(이 말은 언니가 하는 말이다.) 재영 오빠였다. 재영 오빠는 중학교 1학년이었다. 공부도 잘하는 데다가 꽃미남이기까지 해서 가끔 언니의 질투심을 치솟게 하는 인물이었다. 재미와 재영 오빠는 남매라고 하기에 달라도 너무 달랐다. 꺽다리와 장다리, 뚱뚱이와 홀쭉이, 못난이와 미남이…… 재미와 재영 오빠가 같이 있는 것을 본다면 누구라도 이런 말들을 그리 어렵지 않게 떠올릴 것이었다.

　"맞다, 너 또 가짜 영화 찍는구나?"

　재미가 놀렸다. 가짜라는 말이 거슬렸지만 웃어넘겼다. 따지고 보면 맞는 말이었으니까.

"흥, 이담에 크면 진짜 영화 찍을 거다."

나는 고개를 빳빳이 들고 앞서 걸었다.

"그럼 가짜 영화감독 서지혜가 이담에 진짜 영화감독이 되겠다는 거야?"

뒤따라오던 재미가 앞지르더니 잔뜩 궁금한 얼굴로 돌아봤다.

"그럼 너 영화감독 되면 나 영화배우 시켜 줘라."

대답하기도 전에 재영 오빠가 나도, 나도, 하며 폴짝폴짝 뛰었다. 그 모습을 보고 재미는 어이없이 웃었고, 나는 오빠의 익살이 맘에 들어 웃었다. 언니가 내 모습을 보았다면 아마 눈이 찢어져라, 노려보았을 것이다. 언니는 유독 재영 오빠만 보면 흥흥거리고 고개를 외로 꼬며 외면했다. 잘생긴 재영 오빠가 여자애들한테 인기가 많다는 게 영 못마땅한 눈치였다.

"좋아, 그럼 지금부터 영화배우 하는 게 어때?"

나는 카메라를 들이댔다.

"안 돼, 살 먼저 빼고~."

재미가 말꼬리를 길게 끌며 달아났다.

"오늘은 나도 안 돼."

재영 오빠가 콧잔등에 솟은 뾰루지를 가리키고는 재미를 따라 냅다 달려갔다. 두 남매는 낄낄거리며 죽으라고 달렸다. 나도 둘 뒤에서 팔을 앞으로 뻗은 채 달렸다. 카메라 렌즈 안에서 재미와 재영 오빠가 마구 흔들렸다.

나는 그렇게 달리면서도 영화를 찍었고, 어떤 때는 수업을 듣다가도 찍었다. 물론 선생님 몰래 말이다. 한 번 선생님한테 걸려서 혼나긴 했어도 카메라에 친구들이며 선생님 모습을 담는 일은 짜릿할 정도로 즐거웠다. 올망졸망 모여 앉은 집들과 꼬불꼬불한 골목을 배경으로 동네 사람들의 소탈한 모습을 담는 일도 감칠맛이 있었다. 언니가 심통스레 말한 초상권 같은 문제는 일단 제쳐두기로 했다. 어디까지나 게임일 뿐이니까.

어느 화창한 날 나는 동네 어귀에 있는 미장원 앞에 앉아 동네를 둘러보고 있었다. 물론 카메라 렌즈를 통해서.

놀이터에서 여자아이들 셋이서 소꿉놀이를 하고 있었다. 나는 카메라 렌즈를 놀이터에 고정했다.

"여보, 얼른 일어나 아침 드세요."

머리를 뒤로 묶은 아이가 정자에 엎드려 눈을 감고 있는 아이를 흔들어 깨웠다. 엎드려 자는 척하고 있던 초록색 셔츠를 입은 아이가 자다 일어나는 시늉을 했다.

"아~~ 잘 잤다."

기지개를 켰다. 그러자 묶음 머리가 하품도 해야지, 하는 것이었다. 그제야 초록색 셔츠는 자기가 뭔가 빠뜨렸다는 것을 알아채고 얼른 하품했다. 아이들은 정자에 소꿉을 차려 놓고 밥 먹는 시늉을 했다.

"엄마 아빠 가게에 갔다 올게, 집 잘 보고 있어."

이번에는 묶음 머리와 초록색 셔츠가 일어나 어디론가 가고, 분홍치마 아이만 남아서 꼬물꼬물 혼자 놀았다. 분홍치마보다 사뭇 어린 남자아이가 지나가자 분홍치마가 대뜸 소리쳤다.

"민석아, 이리 와. 네가 누나 남동생 해. 누나가 파이 만들어 줄게."

나는 렌즈를 통해 아이들이 노는 모습을 보면서 알았다. 우리는 모두 어릴 때부터 영화를 만들며 논다는 것을. 배우가 되어 연기하고, 배우가 모자란다 싶으면 캐스팅도 하고, 친구의 연기가 어설프다 싶으면 이렇게 해라, 저렇게 해라, 콕콕 찍어주는 감독까지 된다는 것을. 친구들이 없으면 1인 2역 3역까지 하며 논다는 것을.

"바로 이거야!"

나는 무릎을 탁 쳤다.

그날 나는 꿈 찾기 게임 노트에 썼다.

누구나 배우가 되고, 누구나 스텝이 되고, 누구나 감독이 되는 그런 영화를 만들어야지.

카메라만 갖다 대도 그 자체가 작품이 되는 영화!

그런 영화가 진짜 영화야!!

모든 일에는 위기가 닥친다. 그날도 그랬다. 내가 그동안

찍은 영화를 아이들에게 보여 주던 날. 정확하게 말하면 자랑하던 날, 내 카메라가, 아니 정확하게 말하면 카메라 렌즈가 무려 3개나 달린 내 최신형 스마트폰이 교실 바닥에 떨어져 깨졌다. 박살 나지는 않았지만, 작동이 되지 않았다. 누구 탓인지 모르겠다. 다들 자기는 아니라며 발뺌하는 통에 딱히 누구 잘못이라고 화를 낼 수도, 수리비를 받아 낼 수도 없었다.

"너 이게 얼마짜린데 이렇게 만신창이를 만들었어?"

엄마가 불같이 화를 낼 때도 나는 한마디 변명도 할 수 없었다.

"니 용돈 모아서 고쳐!"

딱 잘라 엄포를 놓을 때도 어쩔 수 없었다.

영화감독 그거 아무나 하는 게 아니고, 아무 때나 되는 게 아니다.

영화감독에게 무엇보다 필요한 것은 카메라 렌즈가 무려 3개나 달린 스마트폰을 떨어뜨리지 않는 친구들이다.

3월도 어느덧 다 가고 4월이 되었다. 선생님은 반 아이들을 제대로 파악했는지 어쨌는지 모르겠지만 나는 어느 정도 선생님에 대해서 파악하고 있었다. 그건 담임 쌤이 아주 의욕적이라는 거였다.

어쩌면 학기 초에 내주었던 20년 뒤의 자기 모습 쓰기 숙제는 '잔꾀'도 '전염병'도 아닌, 진짜로 아이들의 꿈을 엿보고 싶은 선생님의 순수한 관심일 것이라는 생각이 들었다.

4월이 되자 선생님은 학급신문을 만들자고 제안했고, 아이들이 선생님 제안을 받아들여 한 달에 한 번씩 신문을 만들기로 했다. 선생님은 신문을 만드는 일에 일절 간섭하지 않기로 했다. 우리를 샘터까지 데려다주기는 해도 물을 떠주지는 않겠다는 것이었다. 손으로 떠서 마시든, 신발로 떠서 마시든 우리 스스로 알아서 해야 했다.

우리는 긴급 학급회의를 했다. 우리 반의 자랑, 이달의 시, 나의 꿈, 친구 등등 많은 기사의 표제들이 정해졌고, 각자 집에서 하나씩 써 오기로 했다. 나는 곰곰 생각하다가 '나의 꿈' 부문에 '나의 꿈 도전기'라는 제목으로 영화감독 도전기를 올리기로 했다.

'영화감독 도전기, 영화감독 도전기……'

학교에서 집에 오는 내내 머릿속은 온통 학급신문에 쓸 기사 내용으로 어지러웠다.

"어어어어, 어이쿠."

갑작스레 들린 비명에 가까운 소리에 정신이 번쩍 들었을 때는 이미 배롱나무 할머니와 자전거가 내 앞에 나동그라진 뒤였다. 나는 죄송한 마음에 어찌할 바를 몰랐다.

"이것아, 정신을 얻다 두고 다니는 거여?"

할머니가 일어나며 꽥 소리쳤다.

"할머니 괜찮으세요?"

나는 얼른 달려가 할머니를 부축했다. 할머니는 내 손을 뿌리치며 옷을 탁탁 털어 댔다.

"죄송해요, 할머니."

잔뜩 조아리며 자전거를 일으켜 세우자 할머니가 자전거에 올라타며 냉큼 가 봐, 하는 것이었다.

나는 불똥이 튀길까 봐 인사도 하는 둥 마는 둥 하고 얼른 자리를 떴다.

"그냥 가면 어떡해?"

할머니가 꽥 소리쳤다. 순간 나는 깜짝 놀라 멈칫 섰다. 치료비라도 내놓으라는 걸까?

"쥐새끼가 방앗간을 그냥 지나가냔 말이여?"

후유, 안도의 한숨이 절로 나왔다. 할머니는 할머니 집을 방앗간이라고 하고 나를 쥐새끼라고 했다. 내가 꼭 방앗간에 뻔질나게 드나드는 쥐새끼 같다나 뭐라나. 쥐새끼라니. 내가 어딜 봐서 쥐새끼 같이 생겼단 말인가. 참새라면 모를까.

나는 잽싸게 배롱나무 집으로 뛰어들다가 말고 짐짓 심각하게 말했다.

"할머니, 쥐새끼 말고 참새라고 불러 주시면 안 돼요?"

"그럼 할머니 말고 아씨라고 불러."

나나 할머니나 한 치도 손해 없는 거래였다. 나는 흔쾌히 고개를 끄덕이고 돌아섰다.

'배롱나무 아씨, 배롱나무 아씨……'

할머니보다 훨씬 예쁜 이름인 것 같았다. 쥐새끼보다 참새
가 예쁜 것처럼.

"저 친구가 노망이 들었구나. 나한테만 들으면 됐지, 너한
테까지 아씨 소리를 듣겠다니 원."

할아버지가 하회탈 미소가 완연한 얼굴로 고개를 저었다.
할아버지가 장독대에 올려져 있는 바구니를 내게 내밀었다.

"우리가 고대 뜯은 거다. 조금 덜어 놨으니 가져가거라."

바구니에는 돌나물이 들어있었다.

"아직 어려서 맛이 좋을 것 같구나."

나는 바구니를 조심스레 받아들었다.

"할아버지, 저도 꿈 찾기 게임, 아니 꿈 통장 만들었어요."

"그래? 잘했구나. 꿈꾸지 않는 사람은 돌멩이와 같은 거
다. 살아 있다고 할 수 없는 게야."

그래, 돌멩이는 꿈 통장 같은 것 만들 수 없겠지. 나는 장
독대 옆에 붙어 있는 꽃밭을 한동안 바라보았다. 꽃밭 끄트
머리에 커다란 돌멩이 하나, 그 위에서 누렁이가 축 늘어져
자고 있었다.

방앗간을 나오면서 나는 바구니를 들어 올리며 인사를
했다.

"아씨, 고맙습니다."

배롱나무 아씨가 자전거 위에서 환하게 웃으며 손을 번쩍
들어 올렸다.

꿈 추가,
에베레스트 정상을 꿈꾸며

언젠가는 세상에서 제일 높은 사람이 될 수 있다.

모든 사람이 내 발아래서 움직일 것이다. 음 하하하.

이게 아니다. 난 언니처럼 1등 지상주의자가 아니다.

다만 어느 산악인의 말을 기억할 뿐이다.

"재미와 행복의 99%는 이 바닥에서부터 7.999m까지 펼쳐져 있

는데, 사람들은 정상의 1%에만 열광해요."

텔레비전에서 다큐멘터리를 보았다. 나는 다큐보다는 연예 프로가 좋은데, 언니 공부 방해된다며 엄마가 연예 프로는 절대 못 보게 해서 울며 겨자 먹기로 본 프로였다. 다큐에 나온 에베레스트산은 그야말로 아름다움 그 자체였다. 하얀 눈으로 뒤덮인 에베레스트는 더할 수 없이 도도해 보였고, 신비로워 보였다.

나는 그 황홀경에 소름이 돋는 것을 느끼며 꼼짝할 수가 없었다. 매서운 추위를 견디며 산을 오르는 산악인들은 미지

세계의 희귀한 동물 같아 보였다. 죽음을 무릅쓰고 한 발 한 발 내딛는 그들을 볼 때 내 심장은 걷잡을 수 없이 요동쳤다. 내가 산악인의 꿈을 갖게 된 것은 그때부터였을 것이다.

나는 내 꿈 찾기 게임 노트를 펼쳐 놓고 이렇게 썼다.

에베레스트 정상을 꿈꾸며!

써 놓고 보니 굉장하다는 생각이 들었다. 지상에서 가장 높은 곳에 오르고 싶어 하는 내가 어쩐지 특별한 사람이 된 것만 같은 느낌이랄까. 이런 꿈을 꾸다니 기특하다 서지혜. 누가 말했던가. 사람은 꿈을 먹고 사는 동물이라고. 정말로 밥을 안 먹어도 배가 부른 것만 같았다.

그렇지만 내가 산악인이 될 만한 자질이 있는지는 확신할 수 없었다. 그래서 알아보기로 했다. 이제 두 번째 게임을 시작할 차례였다.

그렇다고 내 첫 번째 꿈인 영화감독을 포기하지는 않았다. 조금 미뤄 뒀을 뿐. 친구들이 카메라 렌즈가 무려 3개나 되는 내 스마트폰을 조심스럽게 만져 줄 준비가 될 때까지. 그 날까지 영화 만드는 일은 미뤄두고 내 또 다른 꿈 산악인 체험 게임에 돌입하기로 했다!

나는 휴일마다 아빠를 설득해서 재등산에 오르기로 마음먹었다.

"아빠, 날씨도 좋은데 우리 산에 가요."

내가 해가 하늘 꼭대기에 닿도록 자는 아빠 팔을 흔들었을 때, 아빠는 아니 휴일 잠꾸러기는,

"으음~ 더 자고."

잠이 잔뜩 묻어나는 목소리로 간신히 대답했다.

느지막이 일어나 아침 겸 점심을 먹은 아빠에게 냉장고에서 방금 꺼낸 찬물에 얼음까지 동동 띄어 내밀며 이 꿈꾸는 서지혜가 말했다.

"아빠, 산에 가자."

그러자 물을 벌컥벌컥 들이켜다 말고,

"해가 쨍쨍한 한낮에 가긴 어딜 가."

피곤해 죽겠다는 얼굴을 하고 소파로 가서 모로 눕는 왕

피곤이. 잔뜩 풀죽은 나를 보고 적선하듯 한마디 툭.

"다음에 가자."

다음에 언제? 하고 묻지 않았다. 아빠가 말하는 '다음에'라는 말은 단지 다음으로 미루자는 말이 아니라, 아예 그만두자는 말이라는 걸 나는 잘 알고 있었으니까.

순간 실수할 뻔했다. 엄마한테 등산하자고 말할 뻔했다는 뜻이다. 내가 만약 엄마한테 등산 가자고 했다면 엄마는 분명 '딴짓 말고 공부나 해.'라고 했을 것이다. 절로 머리가 좌우로 흔들리면서 오기가 생겼다.

'그래, 혼자서 하자.'

재등산쯤은 눈 감고 올라도 오를 수 있었다. 재등산이 나지막한 산이라서 그런지 휴일이면 많은 사람이 올랐다.

'혼자서 못 할 것도 없지.'

나는 혼자서 재등산을 시작했다. 재등산 등산로는 그야말로 모든 사람을 위한 것이라서 그런지 언덕처럼 시시했다. 할머니 할아버지들도 쉽게 오르내리는 산에서 산악인으로서의 자질을 알아본다는 것은 어딘가 얼토당토않아 보였다.

그래서 생각해 낸 게 우리 동네에서 가장 높은 산, 바로 무갑산을 오르는 거였다.

무갑산은 재등산보다 훨씬 높았다. 재등산이 너나 할 것 없이 가볍게 오르는 언덕이라면, 무갑산은 그야말로 웬만큼은 산을 탈 줄 아는 사람들이나 오르는 진짜 산이었다. 그러니까 무갑산은 어린이인 나 혼자서는 갈 수 없는 산이었다. 나는 고민에 빠졌다. 밥맛도 없었다. 엄마는 눈에 띄게 적게 먹는 내게 어디 아프냐고 물었다. 나는 엄마에게 말할까 하다가 그만두었다. 말해 봐야 본전도 못 찾을 게 뻔하니까.

아빠가 걱정스레 물었을 때 이때다, 하고 나는 엄살을 부렸다.

"무갑산에 가고 싶어 죽을 것 같아. 밥맛도 없고 살맛이 안나."

아무리 무심하다고 해도, 딸이 죽겠다고 하는데 별수 있겠는가. 아빠는 조금 망설이는 듯하더니 결국 무갑산에 오르겠다고 했다.

어렸을 때부터 발레를 해온 터라 그런지 나는 몸이 아주

가뿐했다. 그래서 그런지 무갑산 등산도 그리 힘들지 않았다.

아빠는 단 한 번의 등산으로 녹초가 되었다. 모자라는 잠을 보충해야 한다며 줄곧 잠만 잤다. 나는 더는 아빠를 조르지 않았다. 그렇다고 무갑산 등산을 포기할 수는 없었다. 내게도 다 그럴듯한 생각이 있었다.

그럴듯한 생각이란 산 아래서 기다리고 있다가 아줌마 등산객들을 따라 올라가는 것이었다. 그건 대단히 훌륭한 생각이었다! 아줌마들은 무섭지도 않았고, 친절했으며, 재미있었다. 거기다가 가끔 먹을 것도 주었다!

몇 번 무갑산 등산을 한 뒤로는 재등산에 오르는 것이 유치원 애들 장난처럼 시시해 보였다. 나는 내가 무갑산에 몇 번 올랐다는 것을 자랑하고 싶어서 안달이 났다. 참다못해 재미한테 자랑을 늘어놓았다.

"우와, 우와."

내가 자랑하는 내내 재미는 입을 다물 줄 몰랐다. 그런 재미를 살살 꼬드겼다.

"우리 같이 올라가 보자. 얼마나 멋있다고. 완전 무릉도원

이야."

내 말에 재미는 터질 듯이 부풀어 오른 볼살에 파묻히기 일보 직전인 눈을 있는 힘껏 떴다.

"무릉도원?"

재미가 고개를 갸웃거리는 모습은 포동포동 살찐 곰을 닮았다.

"그만큼 경치가 아름답다는 말이야. 정상에서 보면 진짜 별천지야."

별천지를 보고 싶지 않은 사람이 있을까. 재미는 별천지라는 말에 넘어왔다.

"우리 오빠도 같이 가자."

유달리 겁이 많은 재미가 나와 단둘이 갈 리가 없었다. 아무리 아줌마들을 따라간다고 해도 아줌마들도 경계해야 하는 낯선 사람들이라는 게 재미의 생각이었다. 돌다리도 두들겨 봐야 하고, 멀쩡한 사과도 껍질을 까 봐야 속을 알 수 있다나 뭐라나.

"산, 좋지."

재영 오빠는 흔쾌히 들어주었다. 친절한 재영 오빠. 새록새록 정이 들었다. 이렇게 우리는 무갑산에 올랐다.

"빨리 와. 이제 다 왔어."

나는 저만큼 뒤처져 기신기신 올라오고 있는 재미를 향해 손나팔을 만들어 소리쳤다. 오빠는 저만큼 앞서가고 있었다.

나도 숨이 턱에 닿아 당장이라도 주저앉고 싶었지만, 정상을 눈앞에 두고 그럴 수는 없었다. 더군다나 등산을 남의 집 일로 아는 재미를 살살 꼬드겨 데려온 것이 바로 나였으니 차마 그럴 수는 없는 노릇이었다. 모르는 아줌마들을 따라 오를 때는 이렇게 힘든 줄 몰랐는데, 땀을 뻘뻘 흘리며 연신 죽는소리를 해 대는 재미와 오르니 몇 배는 더 힘이 들었다.

"더는 못 가겠어."

재미는 두 손을 무릎에 얹은 채 구부정하게 몸을 수그리고 올라오다가 그만 그 자리에 털썩 주저앉고 말았다. 나는 미안한 마음도 들고 안타까운 마음도 들어 서둘러 왔던 길을 되짚어 내려갔다.

"여기서 그만두면 아깝잖아. 좀 쉬었다가 다시 올라가자."

"싫어. 도저히 더는 못 가겠어. 너는 얼른 오빠 따라가. 난 여기서 기다리고 있을게."

"그런 게 어디 있어? 같이 왔으면 끝까지 같이 가야지."

재미는 귓구멍에 이어폰을 꽂았는지 대꾸도 하지 않고 길가에 놓인 나무 의자에 벌렁 누워 버렸다. 뚱뚱한 재미가 누우니 좁은 의자 하나가 꽉 찼다. 늦은 봄날 오후의 따사로운 햇살이 나뭇가지 사이로 비춰 들고 있었다. 설핏 잠이 들었는지 재미 숨소리가 금세 달라졌다. 수풀에 가려 재영 오빠 모습은 보이지 않았다. 재미가 아주 깊은 잠에 빠져 버릴까 봐 더럭 겁이 났다. 나는 재미를 마구 흔들어 댔다. 재미가 부스스 눈을 떴다.

"자, 내 어깨를 잡고 걸어."

재미를 부축하다시피 해서 다시 산을 올랐다. 재미 몸은 황소처럼 무거웠다. 나도 지쳐있던 터라 재미를 부축하는 게 쉽지 않았다. 비지땀이 온몸을 타고 흘러내렸다.

수풀에 가려 보이지 않던 재영 오빠가 되돌아 내려오는

모습이 보였다. 우리가 걱정되어 부랴부랴 내려오는 길인 듯했다. 오빠가 재미를 보더니 픽 웃으며 부축했다.

"아주 초주검이 됐구나? 그러게, 평소에 운동을 좀 해야지."

오빠가 어른처럼 쯧쯧 혀를 찼다. 나도 오빠를 따라 혀를 끌끌 찼다.

드디어 정상! 눈 앞에 펼쳐진 풍경이 장관이었다.

"와!"

그때까지도 축 처져 있던 재미가 탄성을 질렀다.

"죽인다."

재미는 입을 벌린 채 다물 줄 몰랐다.

"이 맛에 오르는 거야."

내 말을 들었는지 먼저 올라와 있던 사람들이 빙그레 웃었다. 나는 산꼭대기에 설 때마다 매번 가슴이 떨렸다. 그토록 가슴 부풀리며 힘겹게 올라온 산은 나에게 정상을 내어주고 조용히 앉아 있었다. 내가 올라올 때 보았던 자디잔 풀꽃들과 재잘거리던 새들의 지저귐, 그것들을 보고 들으며 느

겼던 행복감이 몇 배로 부풀어 다시 밀려들었다.

이따금 이 산에서 저 산으로 유유히 날아가는 새들의 날 갯짓이 영화의 한 장면처럼 멋져 보였다. 골짜기마다 옹기종 기 모여 있는 집들은 산이 낳아서 기르는 알처럼 보였다. 알 들은 산의 치맛자락을 베고 한없이 평화롭게 잠들어 있었다.

"야호!"

나는 가슴 저 밑바닥에서부터 끓어 올라오는 쾌감을 억누 를 수 없어 힘껏 소리쳤다.

"야호오오오…… 야호오오오……."

내가 외칠 때마다 나 여기 있어, 하고 친구들이 대답해 주 었다. 메아리였다. 가슴이 탁 트였다. 가슴속의 그 어떤 찌꺼 기도 말끔히 사라지는 기분이었다. 불현듯 더 높은 산에 오 르고 싶어졌다. 언젠가 지구상에서 제일 높다는 에베레스트 에 오르고 싶다는 꿈이 간절해졌다. 에베레스트에 오른다는 것은 목숨을 건 대 모험일 것이다. 눈보라가 휘몰아치는 혹 독한 추위를 이겨 내야 하는 고독하고 고통스러운 싸움이 되 겠지. 나는 그 어떤 지독한 고독과 고통도 견뎌 낼 것이다.

이런 생각을 하니 내가 진짜로 산악인이 된 듯 설렜다.

학교에서도 가끔 재등산에 오르곤 했는데, 어느 날 내가 소리쳤다.

"선생님, 재등산은 유치원생들도 간다고요. 우리는 무갑산에 가요."

느닷없는 내 말에 선생님이 눈을 동그랗게 뜨더니 침을 꼴깍 삼켰다. 그러고는 콧잔등까지 내려온 안경을 밀어 올리며 아이들을 둘러봤다. 선생님의 행동을 지켜보며 숨죽이고 있던 아이들이 갑자기 소리 질렀다.

"네, 무갑산에 가요."

"재등산은 시시해요."

아이들이 너나 할 것 없이 한마디씩 했다. 재미는 잔뜩 찡그린 얼굴로 나를 바라봤다. 나는 괜찮다는 뜻으로 엄지손가락을 세워 보여 주었다.

그렇게 해서 우리 반 야외학습은 무갑산에서 이루어지게 되었다. 나는 들떠 있었다. 몇 번이나 오른 경험이 있었던 터라 무갑산 등산은 식은 죽 먹기였다. 아이들은 다들 놀랍다는 반응을 보였고, 너도나도 칭찬을 아끼지 않았다.

　문제는 산에서 내려올 때 일어났다. 방방 뜬 내가 촐싹거리다가 그만 발을 헛디뎌 넘어진 것이었다. 그 바람에 발목을 삐어 제대로 일어날 수조차 없었다. 선생님이 아니었다면 나는 아마 백영규 등에 업혀 내려와야 했을 것이다. 영규가 우리 반에서 몸집이 제일 크니까. 다 큰 숙녀가 같은 반 남자애 등에 업히다니 말이 되나. 그것도 몸집에 안 어울리게 까불어 대는 영규 등에. 윽!

　퉁퉁 부은 발목을 보고 너무 놀란 엄마는 한의원에 데려가 침을 몇 번이나 맞게 했다. 말이 몇 번이지 아주 그냥 죽을 맛이었다. 왜 우리 동네 한의원에는 눈 어두운 할아버지만 있는지 모르겠다. 침 꽂은 자리에서 피가 났다는 말은 10여 년 살아오는 동안 한 번도 들어보지 못했다. 할아버지는 나쁜 피가 나와야 한다고 했는데 아무래도 변명 같았다.

　"엄마, 저 할아버지 돌팔이 아냐?"

　한의원을 나오면서 엄마한테 물었다. 돌아온 대답은 꿀밤 한 대. 그리고 쓴소리 한마디.

"말썽 안 부리면 좀이 쑤시지? 언니처럼 얌전하게 공부나 하면 좀 좋아."

엄마는 언제쯤 서지혜라는 꿈 많은 소녀를 발견하려나. 갑자기 발목이 욱신욱신 쑤셨다.

나는 꿈 찾기 게임 노트를 펼치고 써 넣었다.

언젠가는 세상에서 제일 높은 사람이 될 수 있다.
모든 사람이 내 발아래서 움직일 것이다. 음 하하하.
이게 아니다. 난 언니처럼 1등 지상주의자가 아니다.
다만 어느 산악인의 말을 기억할 뿐이다.

– 재미와 행복의 99%는 이 바닥에서부터 7,999m까지
펼쳐져 있는데, 사람들은 정상의 1%에만 열광해요. –

나는 이 바닥에서부터 7,999m까지 펼쳐져 있는 행복을 누리고 싶어서 8,000m나 되는 에베레스트에 오르려는 것이다.

5월 학급신문에는 내 글이 실리지 않았다. 산악인 체험기를 싣고 싶었지만, 반장과 혜령이가 자신의 꿈에 대해 써온 것을 알고 내 글을 꺼내 놓지 않았다. 내 글이 빠졌다고 해서 신문이 재미없는 건 아니었다. 까불이 백영규가 쓴 '아빠 방귀' 때문에 배꼽 빠지는 줄 알았다.

영규 아빠 이름이 백공기라는 것. 밥을 안 먹어도 언제나 백 공기는 먹은 셈이라 그런지 온종일 방귀를 뀐다는 것. 아침 6시만 되면 홰치는 닭보다 큰 소리로 방귀를 뀌는 통에 식구들이 모두 잠에서 깬다는 것 등등. 아빠 방귀에 대한 글을 까불까불 써 놓은 통에 아이들이 너나없이 배꼽을 뺐다.

어느덧 연초록이던 배롱나무 이파리가 진해졌다. 배롱나무 아씨 자전거 실력도 꽤 늘었다. 아씨의 푸른 자전거는 공터를 벗어나 골목골목을 누비고 다녔다.

나는 그 푸른 자전거를 볼 때마다 에베레스트를 오르던 산악인의 모습을 떠올렸다. 어쩐지 배롱나무 아씨가 골목골목 떨어져 있는 99%의 행복을 누리고 있는 것만 같았다. 70이 넘은 나이에 말이다. 아씨 말대로 나이는 숫자에 지나지 않는지도 모르겠다.

"어어어어."

퍼뜩 정신이 들었다. 자전거 앞바퀴가 어느새 내 코앞에
와 있었다. 이크.

"귓구멍이 막혔냐? 자전거 벨 소리도 못 듣게."

아씨가 화를 냈다. 넘어지지도 않았는데 공연히 역정이었
다. 그래도 내 가슴은 이미 콩알만 해졌다.

"죄, 죄송해요. 아씨."

아씨란 말에 금세 표정이 밝아진 배롱나무 아씨.

"무사고 기록 중이거든."

"아, 예."

긴장이 풀린 탓인지 한동안 잊고 있던 다리가 다시금 씀
벅씀벅 쑤셔 왔다. 인상이 절로 찡그려졌다.

"멋지구나. 꼭 여자 후크선장 같아."

꿍, 아씨가 자전거 위에 올라앉았다. 여자 후크선장? 후크
선장이 목발을 짚었었나? 그러거나 말거나 멋지단다. 흐흐.

차르르 차르르. 멀어지는 자전거 소리가 오늘따라 경쾌하

게 들렸다. 나는 아씨 등 뒤에 서서 손을 흔들다가 아씨 모습이 보이지 않을 때야 비로소 배롱나무 집으로 들어갔다.

오데트 공주가 아니어도 좋아

오데트 공주가 아니어도 괜찮지. 분홍 토슈즈 신고 춤출 때 나는 나만의 공주지.

나를 보는 사람이 단 한 명이라도 있고, 그 사람이 환상적이라는 말을 해 준다면 정말이지 황홀하지.

발레리나가 발목을 다치는 건 참 슬픈 일이지. 아플 때 가족이 옆에 없는 것처럼.

발목 부상 때문에 산에 오를 수도 없었고 발레학원도 갈 수 없었다. 다른 데야 목발을 짚고 다닐 수 있었지만, 등산이나 발레는 어쩔 수 없이 쉬어야 했다.

내가 다시 등산하고 발레학원에 다닐 수 있기까지 지루한 시간이 흘러갔다. 발목이 다 낫자마자 나는 다시 등산을 시작했고 발레학원에 나갔다. 발표회 전이라서 다행이었다.

"지혜야, 너도 이제 발레 그만두고 공부해야지?"

엄마는 언니에 이어 나까지 공붓벌레로 만들고 싶은 모양이었다.

"싫어. 난 계속 발레 할 거야."

부딪치면 쨍하고 소리 날 것만 같은 엄마 눈빛을 피하며 나는 힘주어 말했다. 순간 엄마와 나 사이에 팽팽한 긴장감이 감돌았다. 한동안 말없이 꼼짝하지 않고 있던 엄마가 길게 한숨을 내쉰 다음 덧붙였다.

"어느 예술이나 마찬가지지만 발레를 한다는 건 쉽지 않은 일이야."

엄마는 발레를 하면서 몸을 다치는 경우가 많다고 겁을 주었다. 우리나라가 발레리나에게는 그다지 좋은 환경이 아니라고도 했다. 아무리 타일러도 고집을 피우는 내게 엄마가 신경질적으로 내뱉었다.

"어디 맘대로 해 봐, 이 멍청아!"

엄마 말이 가시가 되어 콕 찔렀지만 견딜 만했다. 멍청이라는 말, 무관심보다는 나았으니까. 그동안 나는 열심히 발레를 해 왔다. 콩쿠르에 나가 상을 탄 적도 있었다. 그때마다 엄마는 내 상장을 한 번 훑어보고는 휙 던져두었을 뿐이었다. 그리고 다시는 들여다보지 않았다. 공부가 전부라고 믿는 엄마에게 내가 한때나마 발레를 잘한다는 건 관심거리가 되지 못했다.

"곰도 구르는 재주가 있다더니."

언니는 상장을 건성으로 훑어보고는 꼭 안 해도 되는 말만 밉살스레 내뱉었다. 그럴 때면 언니 입술 위의 새까만 점이 밉살맞게 보였다. 아빠는 그나마 내게 남아 있는 마지막 자존심을 묘하게 건드리지 않으려고 했다.

"잘하는 게 없는 것보다야 백번 낫지."

칭찬인지 책망인지 헷갈렸다. 나는 이따금 혼자서 '버터플라이'라는 노래를 흥얼거리며 마음을 다잡곤 했다.

'…… 나는 알아. 내겐 보여 그토록 찬란한 너의 날개. 겁내지 마. 할 수 있어 뜨겁게 꿈틀거리는 날개를 펴 날아올라 세상 위로…….'

엄마 아빠 언니 누구도 내게 '버터플라이'의 가사처럼 말해 주지 않았지만, 나는 끈질기게 꿈꾸어 왔다. 오데트 공주를!

1년에 한 번 있는 합동 발표회가 다가오고 있었다. 이번 발표회는 10주기 기념행사로 성대하게 열린다고 했다. 죽어 나는 것은 공연을 준비하는 원생들이었다. 많은 발레리나가 그렇듯이 나는 이번 공연에서 프리마 발레리나가 되고 싶었다.

바란다고 누구나 주역을 맡을 수는 없었다. 많은 발레리나가 그렇듯이 나도 역시 프리마 발레리나가 아닌 코르 드 발레가 되었다.

오데트 역은 프리마 발레리나인 연지 언니가 맡았다. 얼굴도 몸매도 빼어날 뿐더러 실력도 짱짱한 언니였다.

"그토록 꿈꾸던 오데트 공주가 아닌 이름 없는 백조 무리의 일원으로 군무를 추어야 한다니."

땅이 꺼지라고 한숨이 났다. 며칠 동안 시무룩해 있는데 하루는 엄마가 장미꽃 한 송이를 받았다며 식탁 위에 꽂아 두었다. 다발로 보았을 때는 그토록 화려하던 장미꽃이 혼자 피어 있는 모습은 너무도 청승맞아 보였다.

다음 날 엄마가 안개꽃을 사다가 꽃병에 꽂았다. 그러자 이상한 일이 일어났다. 처량하게만 보이던 장미꽃이 안개꽃 무리 속에서 화사하게 보였다.

'안개꽃이 있으니까 장미가 훨씬 예뻐졌네.'

안개꽃이 코르 드 발레로 보이고 장미가 프리마 발레리나로 보였다.

'그래 프리마 발레리나를 빛내 주는 코르 드 발레가 되는 거야. 저 안개꽃처럼 기꺼이.'

프리마 발레리나가 그렇듯이 코르 드 발레 역시 힘든 배역이었다. 어떨 때는 1시간이 넘도록 거의 쉬지 못하고 춤을 추는 일도 있었다. 숨이 턱에 닿아도 정물처럼 무대 위에 서 있어야 할 때도 있었다. 누구 한 명이 살짝만 움직여도 금세 눈에 띄기 때문에 땀이 눈에 들어가고 다리가 저리고 발에 쥐가 나도 움직여서는 안 되었다. 그건 엄청난 인내심이었고 끊임없는 자신과 싸움이었다.

기나긴 연습 시간이 지나고 드디어 창단 10주년 합동 발표회 날이 되었다. 나는 식구들을 모두 초대했다. 비록 오데 트는 아니어도 최선을 다하는 내 멋진 모습을 보여 주고 싶 었다.

출판사에 다니고 있는 엄마는 갑자기 편집 사고가 나서 야근을 해야 한다고 했다. 엄마가 못 오면, 아빠라도 올 줄 알았다. 아빠는 회식이 있어 늦는다고 했다. 핑계 없는 무덤 없다더니, 아빠는 툭하면 회식 핑계를 댔다. 참석할 수 있는 사람은 단 한 사람, 언니뿐이었다. 그런데도 언니는 공부해 야 한다며 꼼짝하지 않았다.

그래도 나는 공연에 열중했다. 주연을 돋보이게 하고 공연 을 더 웅장하게 받치기 위해서! 춤을 추는 그 순간만큼은 누 구보다도 행복했기에, 나는 정성을 다해 추었다.

"군무는 그 자체로도 여느 솔로나 이인무 못지않게 환상 적이야. 난 군무 보러 공연장에 온다니까."

맨 앞줄 구석에 앉은 관객이 말하는 소리가 들렸다. 그 말 에 힘이 솟았다. 객석 어딘가 있을, 또 다른 군무를 보러 온 관객을 위해 분홍 토슈즈를 신은 나는 신나게 춤을 추었다.

공연이 끝나갈 무렵, 발목에 통증이 왔다. 그래도 다 끝날 때까지 참고 견뎠다. 그다음이 문제였다. 문제는 꼭 끝에서 판세를 뒤집는다. 우레와 같은 박수를 받으며 단원들이 퇴장할 때 나는 그만 퇴장도 못 하고 그 자리에 주저앉고 말았다.

도지기 쉬우니 조심하라고 한의사 할아버지가 말했는데 그 말이 맞았다. 그 할아버지 돌팔이는 아닌가 보았다. 발목을 부여잡고 앉은 내게 달려오는 가족은 없었다. 참았던 눈물이 똑 떨어졌다.

오데트 공주가 아니어도 괜찮지. 분홍 토슈즈 신고 춤출 때 나는 나만의 공주지.

나를 보는 사람이 단 한 명이라도 있고, 그 사람이 환상적이라는 말을 해 준다면 정말이지 황홀하지.

발레리나가 발목을 다치는 건 참 슬픈 일이지. 아플 때 가족이 옆에 없는 것처럼.

나는 또다시 발레를 쉬어야 했다. 쉬는 김에 아예 쉬어 버릴까 하는 생각도 많이 들었다.

발레리나는 수도 없이 뼈에 금이 가고, 엄지발톱이 빠지기도 한다고 들었다. 진통제를 먹고 공연하는 일도 허다하다고 했다. 그걸 내가 다 이겨 낼 수 있을까. 발목이 아프니까 별의별 생각이 다 났다. 아무래도 나는 의지가 약한가 보다. 학급신문 만드는 일에도 시큰둥했다.

막 학교 담장을 끼고 돌려는 찰나 숨이 턱에 닿은 재미가 뛰어오더니 죽는소리를 했다.

"뛰는 건 죽기보다 싫어."

고작 그거 뛰고 엄살은.

"그러니까 살을 조금만 빼."

가시 돋친 내 말에 재미,

"누가 빼기 싫어서 안 빼니?"

가자미눈을 치떴다. 벌겋게 달아오른 얼굴에 송골송골 땀이 맺혀 있었다.

"그나저나 너 요즘 왜 그렇게 힘이 없어? 꼭 병든 닭 같아."

왜들 이러는 걸까. 쥐새끼도 모자라 이번엔 닭. 다음엔 또 누가 뭐라고 할까. 살쾡이? 구미호? 이번에도 확실히 해 두지 않으면 안 될 것 같았다.

"왜 하필 닭이냐? 병아리도 있는데."

나는 짐짓 기분 상한 투로 말했다.

"병아리? 좋아. 병든 병아리같이 왜 그래?"

재미는 걱정스러운 얼굴을 했지만, 나는 재미 얼굴에서 진한 호기심을 발견했다.

"잘 모르겠어. 그냥 모든 게 귀찮고 그래."

내 말에 재미가 대뜸,

"밥도 먹기 싫고?"

물었다. 나는 고개를 끄덕였다.

"나도 그럴 때 있는데. 먹기도 싫고, 씻기도 싫고, 공부도 싫고, 엄마 아빠도 싫고……."

재미는 싫은 것을 열 가지도 더 주워 섬겼다.

"네가 먹기 싫을 때도 있냐?"

다른 건 다 그렇다 쳐도, 이것만은 뜻밖이었다. 나는 못 믿겠다는 얼굴로 재미를 봤다.

"그러니까 이상하다는 거지?"

"왜 이렇게 이상할 때가 있는 걸까?"

알고 싶었다. 재미가 모르겠다는 얼굴로 어깨를 으쓱했다.

"우리 배롱나무 집에 들렀다 가자."

어쩌면 하회탈 할아버지는 알지도 몰랐다.

"싫어. 빨리 집에 가서 배부터 채워야겠어. 배고파 죽겠단 말이야."

재미가 발을 재게 놀렸다. 나도 배가 고팠지만 아무래도 배롱나무 집에 먼저 들러야 할 것 같았다. 나는 오던 길을 되걸어 배롱나무 집으로 향했다.

골목 어디에도 배롱나무 아씨도, 아씨의 푸른 자전거도 보이지 않았다. 공터에도 없었다. 왠지 공터가 휑하니 넓어 보였다.

배롱나무 집 마당에 자전거가 놓여 있었다. 대청마루에는 배롱나무 아씨가 모로 누워 자고 있고, 그 아래 봉당에서는 누렁이가 대자로 누워 아씨 신발을 베고 잠들어 있었다. 우스우면서도 평화로워 보이는 풍경이었다.

문이 활짝 열린 사랑방에 하회탈 할아버지가 단정하게 앉아 책을 읽고 있었다. 나는 아씨와 누렁이가 깨지 않게 살금살금 사랑방 쪽으로 걸어갔다.

"할아버지~."

나는 사랑방 앞에 놓인 툇마루에 앉았다. 할아버지가 마치 올 줄 알고 있었다는 듯이 함함하니 웃었다. 나는 할아버지의 그 웃음에 힘입어 주절주절 떠들어 댔다. 왜 밥도 먹기 싫고, 모든 게 싫고 귀찮은지 모르겠다고.

"잠깐 쉬고 싶은 거다."

무슨 말인지 모르겠다. 머리를 갸웃하는 내게 할아버지는 배롱나무 아씨를 가리켰다.

"저 친구도 쉬고 싶어서 쉬고 있잖니? 누구에게나, 무슨 일에나 쉬는 시간이 필요하단다."

알 듯 말 듯 했다.

"걱정할 것 없다. 네가 크려고 그러는 거니까."

"제가 아무것도 할 수 없을 것만 같아 겁이 나요, 할아버지."

"그럼 꿈 통장에 저축도 못 하고 있겠구나."

할아버지 물음에 나는 시무룩이 고개를 떨구었다.

"그럼 안타깝고 조바심도 나겠구나. 그럴 것 없다. 마음을 잘 다스려 느긋하게 생각하거라. 시간은 아주 많단다. 속도를 내야 할 때는 모기를 잡을 때뿐이란다."

"할아버지도 이럴 때 있었어요?"

"그럼. 내가 돌멩이가 아닌 이상 당연한 일 아니겠니? 그럴 땐 쉬고 싶을 때까지 쉬는 게 되레 약이 되더구나."

할아버지 말대로 나는 내가 쉬고 싶을 때까지 쉬기로 했다. 그런데 이상한 일은 얼마 지나지 않아 무언가 해 보고 싶은 의욕이 저절로 생겼다는 것이다. 비가 쏟아지고 난 뒤에 해가 더 말갛게 세상을 비추는 것처럼 나도 내 에너지를 마구마구 뿜어내고 싶어졌다. 야호!

아이스크림 머리를 만들어 줄게

헤어디자이너는 맘대로 머리 모양을 만들 수 있다. 아이스크림 머리, 사탕 머리, 새우깡 머리……. 이런 파마머리를 해 주면 아이들이 좋아할 것이다. 언젠가는 꽃 머리도 만들어 봐야지. 꽃이 만발한 머리! 생각만 해도 근사하다.

엄마는 내가 인형 머리를 손질해 주는 걸 무척 못마땅하게 여겼다. 처음엔 솜씨가 남다르다며 입에 침이 마르도록 칭찬하더니, 지금은 내가 아무리 새로운 헤어스타일을 고안해 내도 도통 관심을 보이지 않았다. 내가 헤어디자이너가 되겠다고 폭탄선언을 하고 난 다음부터 그랬다.

"너 고작 남의 머리나 손질하며 살래?"

하며 언성을 높이더니, 그렇게 물을 때마다 재미있잖아. 하고 대꾸하는 내게 질렸다는 얼굴을 했다.

요즘은 아예 한 마디도 참견하려 들지 않았다. 다만 내가 헤어디자이너도 내 꿈 찾기 게임의 일부라고 했을 때 이렇게 말했을 뿐이었다.

"어디 한번 잘해 봐."

인형 머리를 손질하는 일에 진력이 났다. 이제 진짜 사람 머리카락을 가지고 해 보고 싶었다. 그런 내게 엄마의 머리가 제일 먼저 눈에 띄었다. 엄마 머리는 언제나 한결같이 층 없이 싹둑 자른 단발머리였다.

귀밑 2센티까지 내려오는 지독스럽게 새까만 단발머리에, 지독스럽게 새까만 테의 안경을 낀 엄마 모습은 지독히도 유행을 모르는 여검사쯤으로 보였다.

"엄마 머리는 너무 촌스러워. 지독해! 내가 요즘 유행하는 머리로 세련되게 해 줄게."

나는 가위를 들고 째깍거렸다. 엄마는 어림없다는 얼굴로 나를 바라봤다. 그렇다고 쉽게 물러날 내가 아니었다.

"우리 반 여자애 중에도 엄마처럼 촌스러운 머리를 한 애는 없어."

그래도 엄마는 아예 들은 체 만 체 고개를 돌려 보던 뉴스를 계속 봤다.

"저 아줌마 봐. 파마 안 했어도 세련됐잖아. 그게 다 머리를 층 내서 잘랐기 때문이라고. 엄만 완전 60년대 산골아줌마야."

나는 슬그머니 목소리를 높였다. 이쯤 되면 자존심 센 엄마가 내 말을 들을 것이라고 예감하면서. 내 예감은 적중했다.

"그럼 저렇게 한번 잘라 봐."

엄마가 그제야 넘어왔다. 앗싸! 나는 보자기를 꺼내 와 엄마 어깨에 둘렀다.

"그러다 망치면 어쩌려고 그래?"

이번 시험에서도 만족스러운 성과(언니가 생각하는 만족스러운 성과는 언제나 올백.)를 거둔 언니가 모처럼 문제집이 아닌 책을 느긋하게 뒤적이다 말고 참견했다.

"걱정하지 마셔. 저 아줌마 뺨치게 해 놓을 테니까."

나는 한껏 자신감에 차서 텔레비전 속 앵커를 가리켰다.

"얼굴이 다른디."

언니가 중얼거렸다. 나는 엄마가 토라져서 머리 안 자른다고 할까 봐 얼른 말했다.

"저 아줌마도 머리 때문에 예쁜 거야. 엄마, 걱정하지 마. 내가 저 아줌마보다 훨씬 예쁘게 해 놓을 테니까."

나는 말하면서 엄마 머리카락을 집게손가락과 가운뎃손가락으로 집어 올려 사선으로 잘랐다. 일단 잘라 놓아야 엄마 맘이 변하지 않을 것이기에.

엄마가 뉴스를 보는 내내 나는 엄마 머리를 손봤다. 인형 머리를 손보는 일보다 훨씬 신경 쓰이고 힘들었지만, 그래도 재미있었다. 뉴스가 끝나고 광고가 한창일 때쯤에야 겨우 끝났다. 썩 마음에 들었다. 뒤통수 아랫부분만 빼고.

하필이면 그 부분을 자를 때 엄마가 재채기하는 바람에 싹둑 가윗날이 빗나갔다. 그 바람에 살짝 애벌레가 파먹은 꼴이 되고 말았으니, 그 사실을 공개하면 죽을 것 같아서 입 꾹 다물었다.

"우와, 우리 엄마 짱이다!"

거울을 본 엄마는 대충 한 번 고개를 좌우로 저어 보더니 그만이었다. 엄마의 저 덜렁대는 성격이 지금보다 마음에 든 적은 없었다.

"어? 엄마?"

언니가 엄마 뒤통수를 보고는 눈을 크게 떴다. 나는 언니에게 눈을 껌뻑거리며 말하지 말라는 눈짓을 보냈다. 그러자 언니가 손가락 동전을 만들어 보였다. 어떤 기회도 놓치지 않는 언니라니! 감탄할 만했다. 할 수 없이 돈을 나누겠다는 뜻으로 고개를 끄덕일밖에.

"제법인데."

엄마에게 칭찬을 듣기는 했지만 어쩐지 미안했다. 그래도 수고비를 안 받을 수는 없는 일이었다.

"만 원만 내."

엄마 코앞에 두 손을 들이댔다. 엄마는 머리가 꽤 마음에 드는지 군말 없이 만 원짜리 지폐를 떡하니 내 손바닥에다 올려 주었다. 나는 조금 미안한 마음에 머리카락 한 올 남기지 않고 청소를 했다.

무사히 넘어가려나 했는데 다음 날 아침 아빠가 엄마 머리를 보면서 일은 터지고 말았다. 그때는 이미 언니한테 약속한 돈도 준 뒤였다. 터지려면 차라리 돈이나 주기 전에 터질 것이지. 아무튼, 재수가 없었다. 행운은 불행을 업고 온다는 말이 딱 맞았다.

"쥐 파먹은 머리를 하고 어떻게 회사에 나가?"

엄마의 날카로운 목소리와 찌르는 듯한 눈초리. 나는 아침밥도 거른 채 줄행랑을 놓았다. 이제 앞으로 식구들 머리를 실습 대상으로 삼을 수는 없을 것을 예감하면서. 온몸에서 힘이 쭉 빠져나갔다. 터덜터덜 걷는데 배꼽시계가 눈치 없이 꼬르륵거리며 보챘다.

불행과 행운은 번갈아 가며 업어 주기를 한다고 언젠가 하회탈 할아버지가 말했었다. 내 손재주를 선보일 기회가 아예 사라진 것은 아니었다. 어느 날, 수다쟁이 미래가 미장원 가서 염색할 거라며 자랑을 했다.

"내가 공짜로 염색해 줄게."

미래 말을 듣자마자 내가 말했다.

"너 염색할 수 있어?"

미래 눈이 반짝 빛났다.

"그럼. 내가 얼마나 잘하는지 너 모르는구나? 걱정 꽉 붙들어 매. 미장원보다 훨씬 예쁘게 해 줄 테니까, 대박 맘에 들면 아이스크림이나 쏴!"

나는 의기양양하게 말했다.

"좋지!"

이렇게 해서 내 두 번째 손님 미래의 머리 염색을 시작했다. 내가 하는 일에 빠지지 않는 재미랑, 그 어떠한 일에도 끼려고 하는 혜령이가 따라와서 조잘조잘 떠들어 대는 통에 시간 가는 줄 몰랐다.

염색이 끝났을 때 미래는 엄청나게 좋아했다. 아이들은 내 솜씨가 그만이라면서, 미용실 차려도 되겠다면서 수다를 떨어 댔다.

"우리 아이스크림 사 먹으러 갈까?"

우리는 깔깔거리면서 슈퍼로 갔다. 미래가 사 줘서 그런지 아이스크림이 유달리 시원하고 달콤했다. 아이스크림을 쭉쭉 빨아 먹으며 재미랑 혜령이가 킬킬거렸다.

"우리도 염색하자."

"그래, 꼭 지혜한테 하자. 큭큭큭."

둘이 아주 그냥 신났다. 나도 덩달아 기분이 좋아져서 낄낄거렸다. 미래는 재미가 게걸스레 아이스크림 먹는 모습을 보며 한마디했다.

"재미 앤 아이스크림 머리하면 딱이겠어. 호호."

미래 말에 혜령이는 한술 더 떴다.

"사탕 머리도 잘 어울릴 거야. 크크."

"난 먹는 거라면 다 좋아. 키키."

재미는 입가에 묻은 크림을 빨며 킥킥거렸다.

헤어디자이너는 맘대로 머리 모양을 만들 수 있다. 아이스크림 머리, 사탕 머리, 새우깡 머리…… 이런 파마머리를 해 주면 아이들이 좋아할 것이다. 언젠가는 꽃 머리도 만들어 봐야지. 꽃이 만발한 머리! 생각만 해도 근사하다.

그 후로도 나는 몇몇 친구들에게 공짜로 미용 서비스를

제공했다. 염색에서부터 커트, 고대까지 다양해졌다. 까불이 영규는 나만 보면 '헤이~ 미용사!' 하면서 인사했다. 어떨 때는 '이 지겨운 머리 파마 좀 해 주라.' 하며 일부러 머리를 들이대곤 했다. 어쨌든 나는 미용사로 통했고, 어깨가 으쓱해졌다.

어떤 일에나 행운은 그리 오래 가지 않는다. 재미 머리를 고대해 주다가 그만 재미 뺨을 뎄다. 그건 순전히 내 잘못만은 아니었다. 재미가 전화 받다가 그렇게 된 것이었다. 그런데도 우리 엄마랑 재미 엄마는 나만 탓했다.

"너는 어쩨 그리 짓궂니, 그래?"

재미 엄마는 나를 귀찮은 개구쟁이로 몰았고,

"손 뜨거워."

엄마는 아예 고대기에 손도 못 닿게 했다.

무슨 일에나 위험이 따른다. 그렇다고 겁낼 건 없다.
언젠가 잘할 수 있는 기회는 오니까.

재미는 나만 보면 슬금슬금 피해 다녔다. 아줌마가 나 같은 호기심 많은 말썽꾸러기하고는 놀지 말라고 단단히 일렀을 게 분명했다. 나는 모르는 체했다. 머잖아 재미는 제풀에 지쳐 슬금슬금 다가올 테니까.

뭐든 마음대로 안 되는 게 있기 마련이다. 친구도 그렇다. 6월 학급신문에 재미는 우리 반 미용사한테 머리를 맡겼다가 얼굴에 흉터가 생기는 바람에 외모에 치명적인 오점을 남겼다는 글을 대문짝만하게 실었다.

재미의 글이 처음부터 끝까지 농담조로 쓰였기 망정이지, 그렇지 않았다면 재미에게 가장 잘 어울릴 것 같은 아이스크림 머리도 만들어 주지 못한 채 재미와 절교했을지도 몰랐다.

친한 친구를 등굣길에 만나고도 반갑게 인사하지 못하고 슬그머니 고개를 돌리는 짓. 남은 반찬을 친구에게 주지 못하고 쏟아 버리는 짓, 쉬는 시간에 어울려 노닥거리지 못하고 시무룩이 딴청이나 피우는 짓. 이런 짓, 정말 못 할 짓이다. 영원히 이런 짓을 반복해야 할 것만 같아 슬그머니 불안해졌다.

터덜터덜 동네 어귀로 들어섰다. 골목마다 어쩐지 휑했다. 손바닥만 한 공터도 휑뎅그렁했다. 배롱나무 아씨가 보이지 않는 거였다. 나는 열린 대문 안으로 들어섰다.

집안에 아씨는 없었다. 주인 잃은 자전거만 봉당 끝에 서 있었다.

"그 친구는 고향에 갔단다."

고향이라는 말 때문이었을까. 하회탈 할아버지 목소리가 구수하게 들렸다. 나도 고향이 있었던가. 내 고향은 아무래도 이 배롱나무 집인 것만 같다는 생각이 들었다. 커다란 배롱나무, 낮은 담장, 닫힌 적 없는 대문, 누렁이, 반들반들한 대청마루, 다락이 있는 사랑방, 꼭 사람 한 명 누울 만큼 작은 툇마루, 장독대, 꽃밭, 올망졸망 심어진 채소들…… 무엇보다도 하회탈 할아버지와 배롱나무 아씨. 내가 생각하는 고향이 바로 이런 거였다!

"고향에 누가 있는데요?"

"친구가 두엇 남아 있지. 간 김에 자전거 탈 줄 안다고 자랑도 실컷 하고 올 거다."

할아버지 말에 나도 모르게 흡, 웃음이 새어 나왔다.

"할아버지 혼자 심심하지 않아요?"

"심심하지. 살다 보면 이럴 때도 있고 저럴 때도 있는 것 아니겠니? 가끔은 떨어져 지내는 것도 나쁘지는 않단다. 늘 붙어 있을 때는 빈자리가 크다는 걸 모르거든."

할아버지 말이 맞는 것 같았다. 재미의 빈자리가 이렇게 클 줄은 몰랐다.

훌륭한 애견 전문가가 될 거야

강아지도 같이 살면 가족이 된다.

강아지가 아프면 나도 맘이 아프고 간호를 해야 해서 무척 힘들다.

배고파도 강아지 먼저 밥 줘야 하고, 졸려도 강아지 먼저 재워야

한다. 강아지랑 같이 놀 때는 재미있지만 챙겨 줘야 하는 일이 많

아서 엄청 힘들다.

여름방학이 시작되었다. 재미가 강아지를 안고 찾아와서는 오빠가 봉사활동으로 애완견 돌봄을 하고 있다고 말했다.

(이렇게 재미는 얼굴에 덴 상처가 다 아물기도 전에 내게 성큼 다가왔다.)

애완견 뽀비는 무척이나 예뻤다. 혀로 재미 얼굴을 핥아대는 모습이 아주 귀여웠다. 품에 폭 안겨 잠든 모습은 꼭 아기 같았다.

나는 또 한 번 가족들 앞에서 폭탄선언을 했다. 애완견 돌봄이 신청을 하겠다고. 물론 꿈 찾기 게임의 하나라는 말을 빠뜨리지 않았다. 이다음에 훌륭한 애견사가 되겠다는 청사진을 보여 주느라 장장 한 시간을 떠들었다.

무슨 일에나 시련은 있다. 어렵사리 가족들 동의는 받아 냈지만, 센터에서 전해 준 말은 애완견 돌봄을 1년씩 해야 한다는 것이었다. 신청 자체가 받아들여지지 않았다. 아무래도 애견사의 꿈을 위한 체험은 이루기 힘들 것 같았다. 엄마가 직장을 안 나가면 1년 동안 할 수 있겠지만, 그렇지 않은 이상 1년 동안 한다는 것은 어림없는 일이었다. 심술이 난 나는 툭하면 심술을 부렸다. 언니는 나만 보면 그럴 시간 있으면 공부나 해라, 하며 비웃었다.

아, 행운은 뜻하지 않게 온다고 하더니! 맞았다. 정말 뜻밖에도 아주 쉽게 나는 애완견 돌봄이가 될 수 있었다. 아줌마가 털 알레르기가 있어서 도저히 뽀비를 돌봐 줄 수가 없다는 것이었다. 이게 웬 떡이냐. 나는 얼씨구나 하고 뽀비를 맡았다. 방학 동안 잘 키워 주겠다고 큰소리 탕탕 치고서.

재영 오빠는 뽀비한테 정들었는데 바로 옆집으로 가게 되어 다행이라며, 뽀비를 돌보는데 필요한 물건들을 모두 챙겨 주었다.

언니는 오빠를 흘끔흘끔 보면서 흥흥거렸다. 그런 언니를 보고 오빠는 꼬맹이라는 호칭을 써가며 너스레를 떨었다. 언니는 꼬맹이라는 말에 바짝 독이 올라 씩씩거렸다.

"내가 꼬맹이면 오빠는 뭔데?"

"나? 나야 엄연한 중딩이지."

"그래봤자 한 살 차이밖에 안 나네, 뭐."

언니는 팩 토라져 방문을 쾅 닫아 버렸다. 이 무더운 여름날 통닭구이 될 일 있나. 오빠는 뭐가 그렇게 재미있는지 실실 웃으며 나갔다. 오빠가 가자 뽀비가 끙끙거리기 시작했다. 나는 뽀비가 똥이 마려워서 그러는 줄 알고 오빠가 가르쳐 준 대로 패드를 받쳐 주었다. 그래도 뽀비는 계속 끙끙거렸다.

이번에는 배고픈지 알고 우유를 주었다. 아기 안듯이 안아서 우유병을 입에 대어 주자 뽀비가 쪽쪽 빨아먹다가 잠이 들었다. 나는 뽀비가 깰 때까지 안고 있었다. 다리가 저리고 허리도 아팠지만, 뽀비가 새근거리며 자는 모습이 하도 귀여

워서 내려놓을 생각을 하지 않았다.

마침, 밥 먹어야 할 때 뽀비가 일어나 주었다. 거기까진 좋았는데, 뽀비가 또다시 낑낑거리기 시작했다. 미리 준비해 둔 패드에 오줌을 싸고도 그치지 않았다. 뽀비가 옛 주인을 찾는 것이라고 아빠가 알려 주었다. 나는 뽀비가 나를 주인으로 알게끔 쉴 틈 없이 눈도장을 찍었다. 그래도 소용없었다.

나는 낑낑거리는 뽀비를 계속 안고 있어야 했다. 그래야 좀 나았다. 잘 때도 안고 잤다. 뽀비는 내 품에 안겨서도 자주 칭얼대며 뒤척였다. 그런 뽀비 때문에 간밤에 잠을 설쳤다. 일어나 보니 엄마 아빠는 벌써 출근한 뒤였다.

"나 도서관 갈 거니까 밥 먹고 설거지해 놔."

언니가 두툼한 가방을 메고 나갔다.

"순 이기주의자. 가다가 개똥이나 밟아라."

공부한답시고 집안일은 나 몰라라 하는 언니가 얄미웠다. 그래도 뽀비가 아무리 낑낑거려도 도로 갖다 주라고 하지는 않아서 조금 봐주기로 했다.

"똥개 똥 말고 푸들 거로."

근데 언니는 조금만 시끄러워도 시끄럽다고 난리 치면서, 또 재영 오빠라면 이를 부득부득 갈면서, 어째서 뽀비에 대해 아무 말도 안 하는 걸까. 아무리 생각해도 모를 일이었다.

밥을 먹으려고 식탁에 앉았는데, 뽀비가 와서 꼬리를 흔들며 짖어 댔다. 뽀비의 배는 홀쭉했고, 눈은 빨리 먹을 것을 달라는 빛으로 가득했다. 나도 뱃가죽이 등에 딱 들러붙을 지경이었지만 숟가락을 놓고 일어났다. 뽀비에게 먼저 먹을 것을 주지 않으면 계속 보챌 게 뻔했다.

사료를 꺼내 주었다. 뽀비는 반들반들한 코를 씰룩거리며 냄새만 맡을 뿐 좀처럼 먹으려 들지 않았다. 나는 사료가 담긴 그릇을 들고 도망 다니는 뽀비를 쫓아다녔다. 그래도 뽀비는 사료에는 입도 대지 않고 낑낑거렸다. 얼마 지나지 않아 나는 기진맥진했다.

할 수 없이 우유병에 우유를 담아 주었다. 우유는 잘 먹었다. 우유만 먹어 대던 뽀비가 급기야 설사하고 말았다. 내 옷에다가 말이다. 순식간의 일이었다. 나는 뽀비를 안은 채 그대로 화장실로 달려가 뽀비를 씻기고 샤워를 했다. 옷을 헹

구어 놓고 나니 밥 먹을 맛이 안 났다.

아침을 거른 채 축 늘어져 있었다. 강아지 한 마리 키우는 게 보통 일이 아니라는 생각이 절로 들었다. 여기까지는 그래도 쉬운 편이었다. 온종일 내가 겪은 일에 비하면 말이다.

뽀비는 종일 설사를 해 댔다. 뽀비 배설물을 치우고 씻기는 일로도 미칠 정도로 바빴다. 아기들이 차는 기저귀를 채워주고 싶은 마음이 굴뚝같았다. 지친 나는 엄마한테 SOS를 보냈다.

"그러게 왜 하라는 공부는 안 하고 웬 개 엄마 노릇이야?"

엄마가 꽥 소리 질렀다.

"당장 동물병원에 맡겨 버려!"

엄마의 날카로운 목소리가 귀를 뚫을 듯했다.

"가족을 남한테 맡기라니 말도 안 돼!"

나는 심통이 나서 전화를 거칠게 끊었다. 동물병원? 차마 뽀비를 맡겨 버릴 수는 없다 해도 설사병 정도는 고칠 수 있겠지, 하는 생각이 퍼뜩 들었다. 나는 부랴부랴 뽀비를 안고 동물병원으로 달려갔다.

병원을 다녀와서도 뽀비는 한동안 기운을 차리지 못하고 늘어져 있었다. 뽀비가 더 작아 보였다. 나는 뽀비가 되도록 편안히 잠잘 수 있게 조용조용 움직였다. 아무것도 못 먹었던 터라 배가 몹시 고팠다. 그래도 밥 생각은 없어서 우유에 시리얼을 타 먹었다. 배가 부르자 피곤이 한꺼번에 몰려왔다. 소파에 누웠는데 금세 잠이 들었다. 얼마나 잤는지 몰랐다. 핸드폰 벨 소리에 깼다. 엄마가 뽀비는 좀 어떠냐고 물었다. 맡겨 버리라던 말은 괜히 해본 소리였나 보았다. 괜찮다고 하자 엄마가 말했다.

"오늘 회식이 있어서 좀 늦을 거야."

이 말 하려고 뽀비는 어떠냐고 물었어? 왈칵 짜증이 일었다.

벌써 저녁때가 다 되었다. 언니도 아빠도 전화 한 통 없이 오지 않고 있었다. 나는 허기를 참지 못하고 찬밥을 꾸역꾸역 먹었다. 외로움이 꾸역꾸역 밀려왔다. 엄마도 아빠도 언니도 내 생각은 눈곱만큼도 하지 않는 것만 같았다. 나는 이 집에 있으나 마나 한 존재라는 생각에 찔끔 눈물이 나오려고 했다. 언제 일어났는지 뽀비가 힘없이 와서 올려다보았다.

"에이 씨~~."

나는 뽀비를 걷어찼다. 정말이지 순식간에 일어난 일이었다. 내 발이 무엇인가 차 버리고 싶었는데, 마침 뽀비가 보였던 것 같다. 뽀비는 깨갱거리더니 겁을 잔뜩 집어먹고 설설 기었다. 겁이 더럭 났다. 숟가락을 내팽개치고 뽀비를 안아 올렸다. 공연히 아픈 뽀비에게 화풀이를 한 내가 말할 수 없이 미웠다.

"뽀비야, 미안해. 정말 미안해. 내가 잘못했어."

나는 눈물을 뚝뚝 흘리며 울었다. 뽀비가 불쌍해서 울고, 그러면 그럴수록 내가 뽀비처럼 외톨이가 된 것 같아서 울었다.

나는 몇 날 며칠 모든 일을 뒤로 한 채, 팔을 걷어붙이고 뽀비를 보살피는 일에만 몰두했다. 그것은 외톨이가 된 나를 보살피는 일이나 마찬가지라는 생각이 들었다. 지성이면 감천이라고 했던가. 나는 다시 뽀비와 친해졌다. 같이 먹고, 같이 자고, 같이 뒹굴고, 같이 놀았다. 세상에 둘도 없는 친구가 되었다.

방학이 끝나면서 나의 애완견 돌봄이 체험도 끝이 났다. 나는 뽀비와 헤어졌고, 하루도 지나지 않아 뽀비가 보고 싶어졌다. 헤어질 때 뽀비가 자꾸만 내게 오려고 낑낑거리던 모습이 눈에 선했다.

강아지도 같이 살면 가족이 된다.

강아지가 아프면 나도 맘이 아프고 간호를 해야 해서 무척 힘들다.

배고파도 강아지 밥을 먼저 줘야 하고, 졸려도 강아지 먼저 재워야 한다.

강아지랑 같이 놀 때는 재미있지만 챙겨 줘야 하는 일이 많아서 엄청 힘들다.

강아지랑 만나는 건 기쁘지만, 헤어지는 건 너무 슬프다.

그래서 되도록 헤어지지 말아야 한다.

웬일로 공부밖에 모르는 언니가 뽀비가 보고 싶다고 했다.

해가 서쪽에서 뜨려나?

나는 뽀비가 보고 싶을 때마다 배롱나무 집으로 달려가서 누렁이와 놀았다. 누렁이는 신통하게도 나를 잘 따랐다.

배롱나무 아씨는 얼마 전부터 자전거 뒷자리에 조그마한 물건을 싣고 다닐 정도로 자전거를 잘 타게 되었다. 그런데 어쩐 일인지 자주 타지 않는 것 같았다. 흥미를 잃었나?

"모든 일이 대개 그렇지. 잘 못 할 때는 잘하고 싶어서 몰입하다가도, 잘하게 되면 시시해지거든. 그럴 때는 또다시 쉬어야지."

"또 쉬어요?"

"그래. 이것 봐라."

할아버지가 읽던 책을 내게 내밀었다.

"문장이 너무 길면 쉼표가 있게 마련이란다. 긴 문장을 쉼표 없이 읽으려면 숨이 차거든."

아, 그렇구나!

"쉬는 것도 실력이야. 쉬는 동안에는 그동안 보지 못했던 내가 보이거든. 나 자신을 보는 것, 그건 또 다른 희망을 품는 거나 마찬가지란다."

배롱나무 집을 나오는데 자꾸만 쉼표가 머릿속에서 떠나지 않았다. 쉼표, 쉼표 , , , , , , , 꼬리 굽은 올챙이같이 생긴 작은 쉼표들이 자꾸만 내게 손짓하는 것만 같았다. 어쩌면 지금이 내 꿈 찾기 게임에 쉼표를 찍어야 하는 시점인지도 모르겠다. 2학기가 시작된 지 한참이 지났지만 나는 여전히 내 진짜 꿈이 뭔지 모르고 있었다. 아직도 해 보고 싶은 일은 많지만, 그동안의 경험으로 내가 하려는 일들이 절대 쉽지만은 않다는 것을 알고 있었다.

내가 이런다고 잃어버린 내 존재감을 되찾을 수 있을까. 엄마 말대로 언니처럼 공부나 열심히 해 두어야 하는 것은 아닌가? 머리가 뒤죽박죽 어지러웠다. 후유~ 나도 모르게 한숨이 터졌다.

하늘을 보니 해가 느릿느릿 구름 속으로 몸을 들이밀고 있었다.

늘어난 꿈과
아씨의 인라인스케이트

배롱나무 아씨는 이제 거의 자전거를 타지 않았다. 자전거 대신
인라인스케이트에 푹 빠져 있었다. 안전모를 쓰고, 무릎 보호대
와 팔 보호대를 한 채 인라인스케이트를 신고 뒤뚱거리는 아씨는
이제 막 걸음마를 배우는 아기와도 같았다. 한 손으로 골목 담장
을 짚어 가며 인라인스케이트를 배우는 아씨를 볼 때마다 불안
하면서도 야릇하게 설렜다.

언니는 늘 그렇듯 잔뜩 스트레스를 받고 있었다. 걸핏하면 짜증 부리고 땍땍거렸다. 공부합네 하고 그러는 게 정말이지 눈꼴시어서 못 봐 주겠다.

공부 좀 해 보려고 했는데, 언니가 그러면 그럴수록 공부하기가 더 싫어졌다. 나는 다시 꿈 노트를 펼쳐 보았다.

꿈 찾기 게임 -내 진짜 꿈을 찾아서-

읽어 나갈수록 내 꿈 노트가 언니의 수많은 문제집보다 중요하다는 생각이 다시 들었다. 언니가 실과시간에 하다만 만들기를 가져와서 내게 부탁했을 때, 내 생각은 더 확실해졌다. 메모 꽂이 하나 만들지 못하면서도 공부가 인생의 전부인 줄 아는 언니. 나는 적어도 몇 가지는 더 체험해 봐야 한다는 결론에 도달했다.

메모 꽂이 만들기 작업은 그다지 어렵지 않았다. 나무 판에 밑그림을 그리는 일은 재미있었다. 밑그림대로 판을 톱으로 자르는 일은 조금 어려웠다. 톱질이 만만찮았다. 언니는 작업을 내게 맡겨 놓고 공부만 했다.

톱질하다가 손가락을 살짝 베었다. 살짝 베었는데도 몹시 쓰라렸다. 손가락에 밴드를 붙이고 작업했다. 내 맘대로 판을 꾸밀 수 있어서 좋았다. 내 솜씨를 발휘할 좋은 기회였다. 메모 꽂이를 근사하게 만들어서 모처럼 엄마한테 점수를 좀 따고 싶었다.

"어때, 나도 잘하는 게 있지?"

한껏 뻐기고도 싶었다. 아무리 공부 지상주의자 엄마라고 해도 예쁜 메모 꽂이를 보면 감동할지도 몰랐다.

온종일 뚝딱거린 끝에 메모 꽂이를 완성할 수 있었다. 톱
밥 가루를 얼마나 마셨는지 콧속이 맹맹하고 목구멍이 칼칼
했다. 그래도 숲속의 호박 집 메모 꽂이라니! 근사하지 않
은가.

"도대체 시간을 얼마나 허비한 거야?"

엄마한테 '감동' 씩이나 바라다니, 그건 죽은 나무에 열매
가 열리기를 바라는 것과 같았다.

"우와, 환상적이다!"

칭찬에 인색한 언니 입에서 저런 감탄사가 나오다니 '놀
랄 노' 자였다. 언니 입이 헤벌쭉 벌어진 채 다물어지지 않았
다. 내 어깨가 절로 으쓱해졌다.

"진짜 가구 만드는 체험해 보는 데 없을까?"

공부만 하는 언니가 알 턱이 있겠나 싶으면서도 슬쩍 물
었다.

"인터넷에 물어보면 되잖아."

언니는 뭐가 걱정이야? 하는 얼굴로 대답했다.

앗, 왜 그 생각을 미처 못 했을까. 나는 당장 인터넷으로 알아봤다. 여기저기 돌아다니다가 괜찮은 정보를 하나 얻었다. 마음이 설렜다. 나는 얼른 정보를 인쇄했다.

산림환경연구소 목재 체험장에서는 목재 문화를 직접 체험할 기회를 제공하고자 〈가족과 함께 DIY 가구 만들기 체험〉 참여자를 모집하오니 많은 참여 바랍니다.

- 일시: 2022년 9월 3일, 10월 8일.
- 참여대상: 가족 단위. (1가족당 4인 이내)
- 장소: 산림환경연구소 목재 문화체험장 1층.
- 체험내용: 이동사물함. (9월 3일) / 다용도 꽂이. (10월 8일)
- 신청접수: 산림환경연구소 홈페이지 목제문화체험장 체험학습 신청. (http//www.~)
- 지참물: 마스크, 간편한 복장 착용, 도시락.
- 재료비: 무료 체험.
  (참고사항: 가족 단위로 2~4인 이내로 성인 1명 이상 참여하여야 하며 13세 이하 어린이는 부모님 동반 때 참여 가능.)

다 좋은데 참고사항이 맘에 걸렸다. 아빠가 가 줄까? 모처럼의 주말, 아빠는 늘어지게 잘 게 뻔했다. 엄마는? 딴 데 신경 쓰지 말고 공부나 하라고 할 테지. 언니가 같이 가면 되려나.

"언니 같이 갈래?"

인쇄지를 보여 주었다. 대충 훑어보던 언니 왈.

"딴 데 가서 알아봐."

완전 엄마 버전이었다. 나는 인쇄지를 홱 낚아채서 발소리도 요란하게 재미네 집으로 갔다. 연신 빵을 뜯어 먹으며 인쇄지를 읽고 난 재미는 글쎄, 하며 머리를 갸웃거렸다. 내 계획은 재미를 꼬드겨서 아줌마랑 같이 가는 것인데, 재미가 이렇게 나오면 계획이 물거품이 될 터였다.

"뭔데 그렇게 심각해?"

재영오빠가 인쇄지를 들여다봤다.

"우와, 이거 재미있겠는데. 나도 끼워 주라."

생각지도 못한 일이었다. 공부 잘하는 사람은 이런 데 관심 없는 줄 알았다. 언니처럼. 재영오빠가 간다니까 재미도 금세 마음이 바뀌었는지 같이 가겠다며 호들갑을 떨어 댔다.

재영오빠의 영향력이 그렇게 센 줄 몰랐다. 재미뿐만 아니라 언니까지 가겠다고 나설 줄이야! 뭔가 수상한 기미가 느껴졌다. 혹시? 나는 수상한 생각을 떨쳐 버리려 머리를 흔들었다. 거들먹쟁이, 잘난척쟁이, 자존심 덩어리가 그럴 리가 없으니까.

　재영오빠의 영향력은 여기서 끝나지 않았다. 재영오빠라면 끔찍이 여기는 아줌마가 도시락 싸 들고 같이 가겠다고 했고, 아줌마 성화에 엄마까지 마지못해 '그러마' 했고, 엄마의 끈질긴 설득에 아빠까지 억지로나마 '그러마' 했다. 생각지도 못했는데 이렇게 되니 소풍 날짜 받아 놓은 기분이 들었다. 나는 체험 날을 기다리는 내내 신바람이 나서 싱글벙글거렸다.

　3일 아침 우리는 체험장이 있는 충청북도 미동산으로 향했다. 아줌마가 운전을 못 하는 바람에 아저씨까지 동행하게 되었다. 그야말로 두 가정의 번개 가족 나들이인 셈이다. 가을 햇살이 유난히 맑고 깨끗했다. 가는 내내 푸른 자전거를 타고 향기로운 들꽃 길을 달리는 기분이었다.

행사장에 가서 보니 생각보다 많은 아이가 가구 만드는 일에 관심이 있다는 것을 알았다. 1년에 몇 차례 열리는 가구 만들기 체험에 매번 많은 아이가 가족과 함께 참여한다는 것이었다.

이동사물함을 만드는 데 필요한 장비는 모두 제공되었다. 우리는 가져간 마스크를 쓰고 만들기만 하면 되었다. 전문가 선생님들의 설명을 들을 때는 쉽게 만들 수 있을 것 같았는데, 생각보다 좀 어려웠다. 아빠는 집게손가락을 찧었고, 엄마는 손목을 나무 모서리에 긁혀서 상처가 났다.

사물함이 완성되어 갈 때쯤 언니가 끔찍한 말을 했다. 사물함을 자기가 갖겠다는 것이었다. 내가 말도 안 된다며 펄쩍 뛰었지만, 언니는 물러서지 않았다.

우리가 싸우는 것을 보고 재미가 다짐해 두려는지 크게 말했다.

"오빠, 이건 내 거야."

재미의 한마디에 나는 이제 저쪽도 싸움이 시작되겠구나 생각했다. 그런데 웬걸, 손바닥도 마주쳐야 소리가 난다고 했다.

"당연하지, 아우야, 이건 우리 가족이 주는 선물이야. 오빠가 거의 다 만들었다는 것만 기억해라."

차원이 달랐다. 나는 재영오빠가 저렇게 멋진 사나이인 줄은 미처 몰랐다. 언니는 아무렇지도 않은 척 사물함을 마무리하고 있었지만, 나는 언니 손이 가늘게 떨리는 것을 보았다. 얼굴도 붉어졌다.

"아얏!"

언니 엄지손가락이 못에 찔렸다. 얼마나 깊이 찔렸는지 피가 뚝뚝 떨어졌다. 오빠가 냅다 사무실로 달려가서 약통을 빌려 갖고 오더니, 언니를 치료해 주었다. 언니 얼굴이 더 붉어졌다.

집에 올 때는 엄마가 재미네 차에 타고 재미랑 재영오빠가 우리 차에 탔다. 아빠는 오는 내내 잔뜩 긴장해야 했다. 차 안이 지붕이 날아갈 정도로 시끌시끌했으니까. 그런데도 언니는 단 한마디도 먼저 하지 않았다. 묻는 말에만 짧게 대답할 뿐이었다.

나무에도 마음이 있는 것 같다. 우리가 나무를 잘 모르면서 무작정 가구를 만들려고 해서 나무가 여러 번 화를 냈다. 못이 꼬부라지고, 나무가 갈라졌다. 아빠 손에 시퍼렇게 멍이 들고 엄마는 찰과상을 입고, 언니는 피가 줄줄 났다.

그저 널빤지였던 나무가 예쁜 호박집 메모꽂이로 변신하는 것도, 물건을 담는 사물함으로 변신하는 것도 진짜 신기하다. 도깨비방망이처럼 뚝딱 변신하는 게 아니라 내가 직접 만들어서 변신시킨다는 게 정말이지 재미있다.

가을이 여물어감에 따라 내 꿈 노트도 깨알 같은 글씨들로 제법 채워졌다. 내가 DIY 가구 만들기 체험한 이야기를 학급신문 '나의 꿈' 칸에 싣겠다고 했을 때, 재미가 막았다. 자기가 벌써 썼다는 것이었다. 재미는 가구디자이너가 되겠다고 큰소리쳤다. 나는 '빼앗긴 꿈'이라는 제목으로 체험기를 써야 할 것 같다며 씁쓸해했다.

"빼앗긴 꿈이 아니라 늘어난 꿈이야."

재미가 이빨을 드러내고 웃었다. 재미의 작은 눈이 볼살에 푹 파묻혀 버릴 지경이었다. 판다가 이스트를 잔뜩 먹은 것처럼 보였다.

우리 가족과 재미네 가족은 10월에도 목제문화체험장에 다녀왔다. 이번에도 재영오빠의 영향력이 톡톡히 한몫했다. 재미네 집에서의 재영오빠의 존재감은 우리 집에서의 언니의 그것과 비슷했다. 나의 존재감과 비교되었다. 그것이 공부를 잘하고 못하고의 차이라고 생각하니 속이 쓰렸다. 내 속은 아무도 모르게 부글부글 끓었다가 가라앉곤 했다.

이번 체험장에서는 피라미드 모양의 다용도 꽂이를 만들어 왔다. 지난번에 만든 사물함은 내가 인형의 집으로 쓰고 있어서 다용도 꽂이는 언니한테 양보했다. (무지 아깝다.)

언니는 다용도 꽂이가 퍽 맘에 드는지 떡하니 책상 위에 올려놓았다. 그뿐만이 아니었다. 칸마다 별의별 것을 다 채워 놓았다. 맨 꼭대기 단 한 칸만 빼고. 그 한 칸은 남친 선물을 꽂을 왕좌라나 뭐라나. 나는 그 비어있는 푸른 자리를 무엇이, 언니 말대로라면 어떤 왕이 채울까 궁금했다.

언니는 지난번과 마찬가지로 이번에도 손가락을 다치는 바람에 재영오빠가 치료해 주고 붕대를 감아 주었다. 목제문화체험장에 다녀온 지 한참이 지나도록 언니 손가락에는 재영오빠가 감아 준 붕대가 그대로 있었다. 하얗던 붕대에 때가 꼬질꼬질 묻어도 바꿀 생각을 하지 않았다. 아무래도 뭔가 수상쩍었지만, 언니가 하도 발끈하는 통에 더 묻지 못했다.

손가락을 다친 것도 어딘가 냄새가 나는 것만 같았다. 그날 언니가 톱질하고 있을 때 내가 '똥 터졌다.' 하고 냅다 소리를 질렀다. 언니가 똥머리를 하고 있었는데 그게 풀어지려고 해서 내가 소리 지른 것이었다. 언니는 화들짝 놀라더니 손가락을 싸쥐고 펄펄 뛰었다. 내가 갑작스럽게 내지르긴 했어도 손가락을 다칠 만큼 놀랐다는 건 아무래도 이상했다. 언니가 혹시 재영오빠를 좋아할지도 모른다는 생각이 들었다. 그런 생각이 들 때마다 왠지 언니가 공부하다가 푸른 자전거를 타고 바람 쐬러 가는 기분에 휩싸이곤 했다.

배롱나무 아씨는 이제 거의 자전거를 타지 않았다. 자전거 대신 인라인스케이트에 푹 빠져 있었다. 안전모를 쓰고,

무릎 보호대와 팔 보호대를 한 채 인라인스케이트를 신고 뒤뚱거리는 아씨는 이제 막 걸음마를 배우는 아기와도 같았다. 한 손으로 골목 담장을 짚어 가며 인라인스케이트를 배우는 아씨를 볼 때마다 불안하면서도 야릇하게 설렜다.

"참새야. 이담에 우리 한 판 겨뤄 보자."

아씨가 내 인라인스케이트 실력을 따라잡으려면 아직 멀었다. 아니 어쩌면 죽었다 깨어난다 해도 나를 이기지는 못할 것이다. 그렇다 해도 희망의 가지를 뚝, 꺾을 수는 없는 노릇.

"네, 아씨. 기다리고 있을게요."

나는 큰소리로 대답하고 하회탈 할아버지가 기다리고 있는 배롱나무 집으로 달려갔다. 나는 그렇게 믿고 있었다. 할아버지가 나를 기다리고 있다고. 할아버지가 언젠가 그랬다. 나를 만나면 즐겁다고. 나도 할아버지를 만나는 것이 즐거웠다.

할아버지가 막 자전거를 끌고 집을 나서던 참이었다.

"어디 가세요?"

"이 친구를 데리러 가는 길이다. 너무 오래 연습했어. 이제 좀 쉬어야지."

할아버지는 자전거를 타고 쌩하니 내 앞을 지나쳐 갔다. 잠깐 서운한 생각이 스쳐 갔다. 할아버지 뒷모습을 보면서 나는 내가 쉬어야 할 때를 알고 저렇게 자전거를 타고 나를 데리러 올 사람이 누굴까 생각해 보았다. 엄마라면 올까? 저렇게 푸른 빈자리를 뒤에 매달고 힘껏 페달을 밟으며 올까?

"그러게, 공부나 하라니까."

엄마의 꾸지람이 귓전을 때렸다. 언니는?

"니가 알아서 해, 이 맹꽁아."

내 말이라면 덮어 놓고 무시해 버리는 언니의 거들먹거리는 모습이 눈에 선했다. 엄마는 못 오고, 언니는 안 온다고 쳐도 아빠는 올지도 몰랐다. 그 순간,

"아, 피곤해."

피곤에 찌든 얼굴로 연신 하품을 해 대는 얼굴이 떠올랐다. 갑자기 내 고개가 푹 꺾였다.

아주 훌륭한 맛의 샌드위치

세계적인 요리사가 되기도 쉽지 않은 일이다. 또 손가락을 베고 팔을 델까 봐 겁이 난다. 언니는 내가 요리하다 다쳤을 때도 도움이 안 된다. 내 꿈 찾기 노력을 딴짓이라고 몰아세우기만 한다. (피도 눈물도 없는 잘난척쟁이) 그러면서도 내 요리를 먹기는 잘 먹는다. 맛이 짜네, 맵네, 하며 투덜거리면서도 말이다. (수고비도 안 내면서) 뭐 배가 불러야 공부가 잘된다나 어쨌다나. (다음엔 떡 속에 매운 고추 콱 박아서 떡볶이나 해 줘야지.)

그나저나 다친 데가 빨리 나아야 폼나는 요리를 해 볼 텐데.

　하늘은 높고 바람은 시원한 가을, 우리는 벤치에 다정하게 앉아 있었다. 내가 말하는 우리가 나와 내 남친이라면 행복하겠지만, 불행하게도 남친은 아니고 절친(이라고 해야 안 토라지는) 재미였다. 우리가 있는 곳은 재미네 집 뜰.

　"와, 저 구름은 꼭 피자처럼 생겼다. 저건 더블크러스트, 저건 리치골드, 저건 페페로니, 저기 저건 슈퍼슈프림……."

　내 눈에는 그저 비슷비슷한 구름으로밖에 보이지 않는데, 재미 눈에는 모두 다른 피자로 보이나 보았다. 재미는 입맛

을 다시며 피자란 피자는 다 갖다 댔다. 피자 종류가 이렇게
도 많았다니!

"네 눈에는 먹는 것만 보이냐?"

조금은 무시하는 듯한 내 타박에도 아랑곳하지 않고, 재
미는 계속 입맛을 다셨다.

"그러게 말이야. 왜 내 눈에는 먹는 것만 보이냐? 저 구름
도 다 먹는 거로 보이고, 여기 이 나무 이파리들도 다 먹는
거로만 보여. 이건 사탕, 요건 초콜릿, 조건 아이스크림, 저
건 과자, 요기 요건 빵."

온갖 군것질거리가 열리는 나무를 재미 말고 또 누가 상
상했겠는가.

"못 말려 정말. 그렇게 먹는 거 밝히다가 너 완전 뚱보 되
면 어쩌려고? 너 요즘 눈도 더 작아지고, 코도 더 납작해진
것 같단 말이야."

나는 충격 좀 받으라고 사실대로 말했다. 재미는 요즘 부
쩍 먹는 것에 집착했다. 성격이 만사태평이라 스트레스받을
일은 없고, 먹는 재미에 맛 들였는지도 모를 일이었다.

"그렇다고 안 먹을 수는 없잖아. 저번에 다이어트하다가 죽는 줄 알았어. 다시는 그런 짓 못 해."

듣는 중 처음이었다. 재미가 다이어트를 했다니.

"너 배고프지 않니? 난 배고파 죽겠는데."

놀라는 내 표정은 아예 무시하고, 재미가 먹을 걸 가져오겠다며 일어섰다. 뒤뚱뒤뚱 걸어가는 재미를 멀뚱히 바라보며 나는 한숨을 쉬었다.

'누가 우리 보고 홀쭉이와 뚱뚱이라고 놀려도 할 말 없겠는걸.'

시간이 꽤 지나도록 재미는 나올 줄 몰랐다.

'자기 혼자서만 맛있는 거 먹고 있는 거 아냐?'

나는 잽싸게 일어나 뜰을 가로질렀다. 현관문을 열자 달그락달그락 소리가 났다.

'절친이라면서 혼자 먹어? 흥!'

살금살금 부엌으로 갔다. 내 예상과는 달리 재미는 여기저기 쑤시고 있었다.

"너 지금 뭐 해?"

"먹을 게 하나도 없어. 그래서 뭐라도 만들어 먹으려고."

내 실수였다. 증거도 없이 함부로 절친을 의심하다니. 미안해 죽을 지경이었다고 하면 거짓말이고, 아주 조금 미안했다. 재미는 달걀부침 하겠다며 달걀을 세 개나 꺼냈다. 그러더니 하나를 이빨에 대고 두드려 댔다. 윽! 달걀 껍데기에 세균이 얼만데 이빨에 대고 깬단 말인가. 미련한 뚱보 같으니라고. (뚱보라는 말 처음 썼음. 미안하다 재미야.)

"이리 줘 봐. 내가 할게."

나는 날래게 뺏어서 숟가락 모서리로 톡 쳤다. 그런 다음 달궈진 프라이팬에 쏟아 냈다. 차르륵~. (이건 달걀 익는 소리.)

"와, 너 진짜 요리사 같다."

재미는 연신 엄지손가락을 치켜세웠다.

"뭐 이 정도 가지고."

그러면서도 나는 우쭐했다. 어쩌면 요리에 소질이 있는 것은 아닐까? 그리고 보니 나는 달걀부침뿐 아니라 라면도 기막히게 끓였다. 그렇다면 내 꿈 찾기 게임에 요리사 게임도 넣어야겠다. 나는 세 개나 되는 달걀을 뚝딱 부쳐 냈다.

내가 하나를 먹는 동안, 재미는 두 개를 마파람에 게 눈 감추듯 먹어 치웠다. 그러고도 배고프다고 툴툴거렸다.

"안 되겠다. 우리 샌드위치 만들어 먹자."

"달걀 두 개면 됐지 뭘 또 먹겠다고 그래."

말은 그렇게 했지만 나는 속으로 좋아서 낄낄거렸다. 내 돈 안 들이고 요리 실습을 할 수 있었다!!! (이럴 땐 감탄부호 하나로는 턱도 없다.)

"나 이다음에 요리사 되어야겠어. 그래야 남의 눈치 안 보고 맘대로 먹지. 우리 엄만 내가 먹을 때마다 배 터져 죽지 않으려면 작작 좀 먹으라고 타박이야. 오빠는 아예 꽃돼지라고 놀리고. 휴, 식구들 등쌀에 내가 못 산다니까."

요리사? 얘가 지금 뜬금없이 무슨 소리를 하는 거야?

"너 가구디자이너 되겠다며?"

달걀도 아무 데나 들이박으면서 무슨 요리사냐는 말, 차마 하지 못했다.

"응. 가구디자이너도 내 꿈 중 하나고. 지금 보니까 요리사도 좋을 것 같아."

꿈 중 하나라. 그럼 재미도 하고 싶은 게 많다는 얘기다.

"가구 디자이너도 되고, 요리사도 되고?"

"그래. 나도 꿈 찾기 게임 노트를 만들었거든. 그러니까 하나씩 해 봐야지."

이게 무슨 귀신 방귀 뀌는 소리?

"꿈 찾기 게임 노트?"

나는 침을 한 번 꼴깍 삼킨 다음 물었다.

"응. 나도 내 진짜 꿈이 뭔지 알아보려고. 그래서 너처럼 하나씩 직접 부딪혀 보기로 했어."

전염됐다. 언니는 몇 달이 지나도록 전염은커녕 아직도 챗, 게임은 무슨 게임, 하며 콧방귀를 뀌는데. 역시 재미는 내 절친이었다! 그렇다 해도 이스트 집어먹은 판다가 요리사라니. 이건 해도 너무했다.

"에이, 무슨 소리. 가구 만들면서 땀 뻘뻘 흘리면 살도 빠지고 좋지만, 요리하면서 맘대로 먹어 봐. 피둥피둥 살만 찐다 너. 그럼 꽃미남 사귀기도 어려울걸."

이런다고 나를 꽃미남에 죽고 못 사는 여자로 오해 마시기를. 이건 순전히 재미가 꽃미남을 좋아해서 겁주려고 한 말이었다.

"그래도 난 안 먹고는 못 살아. 그러니까 요리사가 딱이 야."

프라이팬에 식빵을 구우면서 재미는 콧노래를 흥얼거리기 시작했다. 모름지기 무슨 일을 하든 즐거워야 한다. 재미는 즐거워 보였다.

"내가 아무래도 요리를 위해 태어난 사람 같지 않니?"

식빵을 뒤집으며 재미가 말했다.

"글쎄……?"

시큰둥한 내 대답이 맘에 들지 않았는지, 재미는 잘 보라며 넓적한 얼굴을 내게 들이밀었다. 나는 요리가 아니라 시식을 위해 태어난 얼굴 같다고 말하고 싶었지만, 꾹 참았다. 설령 경쟁자가 된다고 해도 싹은 키워야 하는 법이니까.

"그래, 요리사 되면 대성할 얼굴이다."

이번에는 내 대답이 맘에 쏙 들었는지, 재미가 팔딱팔딱 뛰면서 좋아했다. 엄마 아빠랑 같이 본 '당신이 잠든 사이에'

라는 옛날 영화에서는 남자가 잠든 사이에 호박이 넝쿨째 굴러 들어왔다. 그런데 재미가 팔딱팔딱 뛰는 사이에 호박은커녕 호박씨도 안 굴러왔다. 다만 식빵 타는 냄새만 솔솔 풍겼다. 나는 이때다, 하고 독수리가 다람쥐 채가듯 재미에게서 뒤집개를 빼앗았다.

"안 되겠다. 샌드위치는 내게 맡겨."

"무슨 소리야? 난 요리사 체험을 해야 한단 말이야."

그건 나도 마찬가진데. 내 생각이야 어찌 됐든 재미는 내게서 도로 뒤집개를 빼앗았다. 그리고 밉살스럽게 덧붙이는 말.

"그리고 이건 우리 거야."

누가 아니래?

"치."

나는 뒤도 안 돌아보고 재미네 집을 나왔다. 내 돈 안 들이고 요리 실습 한번 해 보려나 했는데, 세상에 공짜는 없다!

집에 오자마자 나는 씩씩거리며 샌드위치 재료를 찾았다. 반만 먹고 남은 식빵. 사과, 머스터드소스, 달걀 등 몇 가지

기본 재료는 있었지만 특별한 나만의 샌드위치를 만들기에
는 턱없이 부족한 것 같았다.

'재미보다 더 맛있게 만들어야지. 이건 자존심을 건 싸움
이야.'

우리가 만든 샌드위치는 금방 맛이 어땠는지 소문날 것이
다. 재미네는 수다쟁이 아줌마가 있고, 우리 집에는 내가 있
으니까. 나는 내 자랑하는 게 주특기.

나는 인터넷을 뒤졌다. 블로그 여기저기 갖가지 샌드위치
만드는 방법이 올라와 있었다. 그중에서 만들기에 가장 쉬우
면서도 재료도 간단한 것으로 택했다. 물론 맛이 좋아 보이
는 것으로.

몇 가지 재료가 더 있어야 했다. 나는 그동안 모아 둔 용돈
을 헐어 재료를 잔뜩 사 왔다. 비용은 엄마한테 청구하면 되
었다. 설마 모른 척하지는 않겠지. 그러면 국물도, 아니 빵
부스러기도 없을 터.

재료비를 부풀려 타 낼까? 뻐꾸기도 거짓말하고, 원숭이
도 거짓말한다던데. 어쩔 수 없는 생존의 법칙이라던데. 잠

깐 고민하다가 결국 거짓말은 안 하기로 했다. 난 뻐꾸기도, 원숭이도 아닌 사람이니까.

나는 달걀 토마토 샌드위치, 에그 샐러드 샌드위치, 땅콩 버터 샌드위치의 조리법을 세심하게 살피고 나서 에그 샐러드 샌드위치 조리법은 선택지에서 제외해 버렸다. 양파를 다 져야 한다는 게 처음부터 맘에 걸리던 참이었다. 양파껍질 까려면 눈물 콧물 다 빼는 난데 어찌 다지기까지 할 수 있겠는가.

우선 달걀을 한꺼번에 10개 삶았다. 고작 네 식군데 10개 라니 말이 안 되는 일이었지만 다 꿍꿍이가 있었다. 많이 만들어서 배롱나무 집에도 가져가고 학교에도 가져가는 것이었다. 미래의 세계적인 요리사 솜씨를 뽐내고 싶었다.

나는 콧노래를 흥얼거리며 땅콩버터 샌드위치와 달걀 토마토 샌드위치를 만들었다.

엄마보다 먼저 아빠가 퇴근했다. 저녁 당번이었던 거다. 가는 날이 장날이라더니, 이게 웬 떡이냐! 나는 아빠 대신 내가 저녁 준비 다 해 놨다고 큰소리 땅땅 쳤다.

"역시 우리 딸이 최고야!"

아빠는 연신 싱글벙글댔다. 얼마 만에 듣는 찬사인가. 기회는 왔을 때 단번에 잡아야 한다. 그러지 않으면 눈 깜짝할 사이에 지나가 버리는 법. 버스 떠난 뒤 아무리 손 흔들어도 버스는 멈춰 서지 않는다.

"아빠, 나 저녁거리 사느라 용돈 다 썼는데."

처량하게 보이려고 시무룩이 고개 숙인 나.

"그래? 그럼 아빠가 용돈 줄게. 자."

와, 새파란 배춧잎! 작전 성공! 돈부터 얼른 받아 챙기고.

"팔도 쑤시고 다리도 아프고, 에고 허리야."

나는 팔다리 허리를 주물러 대며 엄살을 떨었다.

"자, 한 장 더. 이만하면 치료비도 되겠지?"

엄살 작전도 성공이었다. 나는 식구들이 다 모인 다음에 준비한 요리를 내놓았다. 엄마는 아침도 아닌데 웬 샌드위치냐고 하면서도 접시를 말끔히 비웠다.

언니는 좀 짜다, 후추 냄새가 난다, 하면서 투덜거렸다. (거들먹쟁이, 잘난척쟁이, 짜증쟁이에 투덜쟁이 추가) 아빠는 2만 원이 좀 아까운 듯한 표정으로 찌개는 없냐고 물었다. 샌드위치에 찌개라니. 옥수수에 된장 발라 먹는 거와 별반 다를 게 없었다. 나는 찌개 대신 우유를 잔뜩 따라 내밀었다.

요리 실습한다고 돈이 많이 드는 것은 아니다. 오히려 돈을 벌 수도 있다. 돈을 많이 벌려면 되게 힘든 척하면 된다.
문제는 투덜쟁이 언니 입맛에 맞추기가 어렵다는 것. 투덜쟁이는 라면도 제대로 못 끓이면서 입맛만 까다롭다. 공부만 잘하면 다냐?

하회탈 할아버지와 배롱나무 아씨는 내가 만든 나만의 특별한 샌드위치를 '아주 훌륭한 맛'이라고 아낌없이 칭찬해 주었다.
내가 '아주 훌륭한 맛'의 샌드위치를 학교에 가지고 간 다음 날부터 한동안 자신의 요리를 뽐내려는 아이들이 늘어갔다. 샌드위치, 토스트, 핫케이크, 고구마파이…… 아이들은 서로의 요리를 맛보면서 너는 요리사 되기는 글렀다느니, 요리사가 딱 맞는다느니 하면서 한동안 요리사라는 꿈을 만지작거렸다.

나는 학급신문 10월호에 내 꿈 찾기 게임에 대한 글을 썼고, 그걸 본 선생님은 아이들에게 꿈 찾기 게임 노트를 하나씩 만들라고 했다.

"지혜야, 네 꿈 찾기 게임 노트를 돌려 보면 좋을 것 같은데 가져올 수 있겠니?"

이렇게 해서 아이들은 내 공책을 돌려 보며 '꿈'을 생각하고, '꿈'을 꾸었다. 나는 애초에 선생님이 20년 후의 자기 모습에 대한 글을 써 오라고 하지 않고, 꿈 찾기 게임 노트를 만들라고 했더라면 좋았을 텐데 하는 생각을 했다.

엄마가 또 편집 사고로 당번의 임무를 수행할 수 없었던 어느 날 저녁, 나는 파를 송송 썰다가 손가락을 베었다. 피가 철철 났다. (삥!) 역경을 이겨 내야만 큰 사람이 될 수 있다고 했다. 나는 손가락을 싸매고(대일밴드 하나 붙임.) 요리를 계속했다.

불행은 겹쳐서 온다고 했던가. 밥통에서 뿜어져 나오는 증기에 그만 팔뚝을 뎄다. 윽! 숨 막히도록 쓰라렸다. 통증이 조금 가라앉자 이번엔 숙녀 팔뚝에 상처라도 나면 어쩌나 싶었다. 잔뜩 걱정하는 내 옆에서 언니는 공부 안 하고 딴짓하느라 고생이 많다며 비아냥거렸다. 팔이 떨어져 나가 버린 것만 같았다.

세계적인 요리사가 되기도 쉽지 않은 일이다. 또 손가락을 베고 팔을 뎄까 봐 겁이 난다. 언니는 내가 요리하다 다쳤을 때도 도움이 안 된다. 내 꿈 찾기 노력을 딴짓이라고 몰아세우기만 한다. (피도 눈물도 없는 잘난척쟁이) 그러면서도 내 요리를 먹기는 잘 먹는다. 맛이 짜네, 맵네, 하며 투덜거리면서도 말이다. (수고비도 안 내면서) 뭐 배가 불러야 공부가 잘된다나 어쨌다나. (다음엔 떡 속에 매운 고추 콱 박아서 떡볶이나 해 줘야지.)

그나저나 다친 데가 빨리 나아야 폼나는 요리를 해 볼 텐데.

공부벌레가 된 언니

공부만 하다가 진짜 벌레로 변해 버린 공붓벌레. 슬프다. 언니가
투덜거리고 짜증 낼 때는 몰랐는데 자신의 진짜 꿈이 뭔지도 모
른 채 1등 자리를 지키기 위해 공부만 한다는 게 얼마나 힘든 일
인지 알 것 같았다.

학교 축제인 학예회가 다가오면서 잘난척쟁이 언니가 시무룩해졌다. 그도 그럴 것이 다들 장기를 뽐내겠다며 한껏 들떠 있는데 언니는 내보일 만한 장기가 없었던 거다.

언니는 공부 핑계로 4학년 때부터 피아노 레슨도 중단했고, 미술학원도 끊었다. 그렇다고 노래를 잘하는 것도, 춤을 잘 추는 것도 아니었다. 언니가 잘하는 건 공부밖에 없었다. 결국, 언니가 학예회에서 낄 데는 묻어가도 좋은 합창밖에 없는데 음치인 언니를 선뜻 끼워 주려는 팀이 없는 모양이었다.

"넌 공부 잘하니까 예능 없다고 누가 뭐라 안 해. 그냥 메모 꽂이 하나 전시하고 말아."

엄마의 공부 지상주의 철학이 서슴없이 나왔다.

"그건 지혜가 다 만든 거잖아."

언니는 뽀로퉁하니 톡 쏴붙였다.

"그럼 다용도 꽂이 가져가면 되겠네."

"내가 다 한 거 아니잖아."

내가 만든 메모 꽂이로 숙제 검사 맡았으면서 언니는 자신이 아주 양심적인 사람이라고 착각하는 모양이었다.

"그럼 무언극 해."

내 말에 언니는 무슨 뜬금없는 말이야? 하듯 나를 뚫어지게 쳐다보았다.

"할 거 없다며?"

언니는 잠시 생각하더니, 해도 될까? 하는 얼굴로 엄마를 바라봤다.

"팬터마임이 얼마나 어려운데."

엄마는 어림없다는 얼굴로 나를 노려보았다. 무언극을 하자면 아무래도 연습도 해야 하고 시간을 많이 뺏길 게 빤하니까 그게 못마땅한 거였다.

"나 한번 해 볼래."

엄마 말은 아랑곳하지 않고 덤비는 언니가 모처럼 용감해 보였다. 언니는 당장 극본 먼저 써야겠다며 부산을 떨었고, 엄마는 내게 종주먹을 들이댔다.

"엄마는 학예회도 안 하는 촌스러운 학교 다녔지?"

나는 엄마한테 한 방 먹이고 달아났다. 엄마도 학예회라는 것을 해 봤다면 학예회에서 좀 튀고 싶어 하는 우리 마음을 이해했을 텐데.

내가 언니한테 무언극을 하라고 했던 건 마침 내가 무언극을 하려던 참이기 때문이었다. 혼자서 무언극을 하고 싶었는데, 재미가 같이하자고 귀찮게 졸라 대는 바람에 고민하고 있던 터였다.

내가 무언극을 택한 건 언니한테 물었던 것처럼 할 거 없어서가 절대 아니었다. 발레공연을 할 수도 있었지만, 발레는 학예회에서 이미 선보인 적이 몇 번 있는 데다가, 다른 아이들이 하기로 해서 그만두기로 했다. 나는 남들도 할 수 있는 것 말고 아무도 안 하는 특이한 걸 혼자 해 보고 싶었다. 그래야만 튀니까.

애초에 혼자서 무언극을 해서 좀 튀려고 했는데, 재미 때문에 다 틀렸다. 아쉬웠지만 어쩔 수 없었다. 재미는 내 절친이니까. 그보다 그동안 얻어먹은 게 얼만데.

언니가 인터넷을 뒤지고 혼자서 연습하는 사이, 나도 재미와 머리를 맞대고 극본을 짜고 연출을 하고 연기를 했다. 우리는 '어깨동무'라는 제목으로 극본을 썼다.

매우 친한 두 친구가 날마다 붙어 다니면서 놀다가 아주 사소한 오해로(돌이 날아와 엉덩이를 때렸는데, 친구가 일부러 때린 줄 안다) 싸운 뒤 헤어졌다가 다시 만난다는 이야기였다.

극본을 보면 짧고 쉬운 내용이었지만, 한마디 대사도 없이 관중들에게 이해시킨다는 게 만만치 않았다.

비가 올 때 우산을 같이 쓰고, 햇빛 날 때 모자를 벗어 주고, 배고플 때 빵을 나눠 먹는 연기를 우산도 모자도 빵도 없이 상상만으로 해야 한다는 것은 정말 어려운 일이었다. 보는 아이들이 비가 오는구나, 해가 쨍쨍 나는구나, 배가 고프구나, 우산을 같이 쓰는구나, 모자를 같이 쓰는구나, 빵을 나눠 먹는구나, 하고 이해하도록 해야 했다.

서로 싸우고 토라지는 연기는 어려울 게 없었다. 어렵기는커녕 아주 쉬웠다. 재미랑 내가 평소에 싸우고 토라지던 행동을 그대로 옮기면 되었으니까. 다만, 내가 돌이 날아오는 걸 두 눈 부릅뜨고 보다가 돌이 재미 엉덩이에 맞는 순간 눈을 찔끔 감는 시각과 재미가 엉덩이를 비비는 시각이 잘 맞아떨어져야 했다. 몇 번 그게 안 맞는 바람에 우리는 배꼽을 쥐고 웃어댔다. 공연할 때도 그러면 큰 망신이었다. 서로 헤어져서 혼자 남은 각자가 심심해 죽는 연기도 평소대로 하면 되었다.

"아이, 심심해 죽겠네!"

아무리 평소대로 하면 된다고 대사까지 그대로 옮기는 것은 안 될 일이었다.

"야, 말하면 어떻게? 우린 벙어리야, 벙어리."

내 말에 재미가 아차 싶었던지 자신의 머리에 꿀밤을 먹였다. 우리는 입이 아니라 몸으로 말하는 것에 익숙해지기까지 시간이 꽤 걸렸다.

재미와 내가 헤어져서 각자 책을 읽고, 게임을 하고, 텔레비전을 보면서도 별반 재미를 못 느끼는 것도 평소와 같았다. 우리는 몇 번이고 서로에게 전화를 거는 연기를 했다. 똑같이 하니 통화가 되지 않을 수밖에 없었다. 전화하기를 포기한 우리는 서로의 집을 찾아가다가 중간쯤에서 만나 어깨동무하고 깡충깡충 뛰며 놀러간다는 얘기였다.

"후유~ 쉬울 줄 알았는데 어렵다."

재미가 이마에 송골송골 맺힌 땀방울을 닦아 냈다.

"그래도 재미있잖아."

"그래 맞아. 근데 배 되게 고프다. 그지?"

툭하면 먹을 것 타령하는 재미. 덕분에 나도 잘 얻어먹으니까 나쁠 건 없었다.

언니의 무언극 제목은 '공붓벌레'였다. 한 학생이 공부를 열심히 하다가 나중에는 벌레가 된다는 얘기였다. 언니는 봐

달라면서 가족들 앞에서 시험공연을 해 보였다.

산더미처럼 쌓인 문제집을 풀어 대는 언니. 실제 언니와 닮았다. 문제가 안 풀리는지 잔뜩 인상을 쓰며 머리를 싸쥐는 언니. 연필로 연습장을 쉴 새 없이 톡톡 쳐대는 언니, 마침내 연습장을 북 찢어 구겨 버리는 언니. 답답한 걸까? 땅이 꺼질 듯 한숨을 쉬는 언니. 보는 나까지 가슴이 답답해 왔다.

안경을 벗고 침침한 눈을 비비고 기지개를 쭉 켜다가 잔뜩 쌓인 문제집을 보고 깜짝 놀라는 언니. 다시 안경을 쓰고 연필을 집어 들고 문제를 풀기 시작하는 언니. 배가 고픈지 이만큼 옆으로 가서 허겁지겁 밥을 먹었다. 실제로도 언니는 자주 시간 없다며 밥을 재빨리 먹어 치우곤 했다. 밥을 후딱 먹어 치우고 다시 제자리로 와서 공부하는 언니.

언니는 그렇게 한동안 꼼짝하지 않고 문제만 풀다가 마침내 벌레가 되었다. 벌레가 된 언니가 꿈틀꿈틀 바닥을 기어 다녔다. 벌레가 되어 기어 다니면서도 연필을 버리지 않고 문제를 풀고 있었다. 불쌍한 공붓벌레. 어찌나 몸놀림이 힘겹게 보이던지 이 부분에서 나도 모르게 얼굴이 팍 찌그러졌다.

언니의 무언극이 끝났을 때 나는 힘껏 손뼉을 쳤다. 엄마 아빠는 이상한 표정으로 움직이지 않고 앉아 있었다. 뭐지 저 표정은?

갑자기 엄마가 발딱 일어나더니 쌩하니 방으로 들어가 버렸다. 쾅 문이 닫히자, 집이 흔들렸다.

나는 눈을 동그랗게 뜨고 언니와 아빠를 번갈아 보았다. 아빠 얼굴이 심각해 보였다.

"이리 와서 앉아 봐."

아빠는 언니를 보며 아빠 옆에 앉으라고 했다. 언니가 아빠 오른쪽에 앉았다. 나는 얼른 아빠 왼쪽에 가서 앉았다.

"우리 주혜, 공부하는 거 힘들어?"

아빠의 목소리는 다정하면서도 어딘가 슬프게 들렸다.

"응"

응, 이라니? 공붓벌레가 어떻게 된 거 아냐?

"힘들면 그렇게 많이 하지 마. 네가 하고 싶은 만큼만 해."

아빠는 팔로 언니의 어깨를 감싸 주었다. 나는 샘이 나서 얼른 아빠의 다른 팔을 내 어깨에 올려놓았다.

"그럼 어떻게 1등을 해?"

"꼭 1등 하지 않아도 돼."

"엄만 1등 안 하면 안 된대."

"그건 엄마 생각이야. 중요한 건 네 생각이야."

"……."

갑자기 꿀 먹은 벙어리가 된 언니.

"네가 진짜 원하는 게 뭔지, 네가 진짜 하고픈 게 뭔지."

"내가 진짜 원하는 거? 진짜 하고 싶은 거?"

언니는 나직이 중얼거리며 고개를 갸웃거렸다.

"그래. 과연 치과의사가 네가 원하는 꿈인지 잘 생각해 봐 야지. 무조건 남들이 우러러보니까 되는 게 아니라 그 일을 하면서 내가 과연 즐거울까, 행복할까 고민해 봐야지."

아빠는 언니와 나를 번갈아 보며 그렇지? 묻는 얼굴로 빙 그레 웃었다. 나는 연신 고개를 크게 주억거렸다.

"주혜가 한 무언극을 보고 나니까 카프카라는 작가의 '변 신'이라는 책이 생각나는구나……."

아빠는 '변신' 얘기를 해 주었다. 회사에 다니던 그레고리라는 남자가 어느 날 갑자기 벌레로 변한다는 이야기였다. 벌레가 되자 가족들은 쓸모없게 되었다며 귀찮아하고, 가족에게 버림받은 그레고리는 마침내 죽는다는 내용이었다.

"와, 언니도 작가 되면 되겠다."

내가 띄워 주었지만, 잘난척쟁이 언니는 잘난 척은커녕 심각한 얼굴로 앉아 있었다.

"물론 엄마 아빠 우리 딸이 벌레가 된대도 변함없이 사랑할 거야. 아니 우리도 똑같이 벌레가 돼서 같이 살 거야."

"그럼 내가 세 마리 벌레를 돌봐야 하는 거야?"

나는 눈을 동그랗게 뜨고 아빠를 바라봤다.

"그렇게 되나?"

아빠가 흐흐 웃었다. 그러다가 금방 웃음기를 지우고 말을 이었다.

"그런데 주혜야, 중요한 건 자신이 하고 싶은 것을 할 수 없을 때 사람은 누구나 고독을 느끼고 불행하다고 생각하게 되는 거야."

"아빠, 그러니까 무조건 공부만 하는 언니보다 내 진짜 꿈이 뭔지 찾아보는 내가 더 똑똑한 거란 말이지?"

나는 양양한 얼굴로 물었다. 언니에게는 거봐, 하는 눈빛을 강렬하게 쏘면서. 아빠가 말했다.

"변신은 용감한 사람만이 할 수 있어. 우리 주혜 똑똑하니까 아빠 말 무슨 말인지 알 거야. 잘 모르겠으면 곰곰 생각해 봐."

우리는 오랫동안 소파에 앉아 있었다.

무언극 배우, 멋지다. 말 한마디 하지 않고 몸짓만으로도 얼마든지 말할 수 있다. 언니의 무언극 시험공연을 보면서 가슴이 뭉클했다. 언니는 공부만 하는 게 얼마나 힘든 일인지 단 한마디 말도 없이 온몸으로 말했다.

공부만 하다가 진짜 벌레로 변해 버린 공붓벌레. 슬프다. 언니가 투덜거리고 짜증 낼 때는 몰랐는데 자신의 진짜 꿈이 뭔지도 모른 채 1등 자리를 지키기 위해 공부만 한다는 게 얼마나 힘든 일인지 알 것 같았다.

재미랑 무언극 연습을 하면서 나는 꿈을 하나 더 품었다. 무언극 배우. 유치원 다닐 때 재롱잔치에서 연극을 많이 했었는데 그때는 막연하게 연극배우가 되고 싶었었다. 지금은 연극배우 중에서도 무언극 배우가 되고 싶다. 말 없이 말하는 배우! 정말 근사하다.

학예회 며칠 전부터 학예품 전시가 있었다. 담임은 내 꿈 찾기 게임 노트를 전시하게 했다. 믿어지지 않았지만, 전시장에서 학생들과 선생님 학부모들의 관심을 유독 많이 끈 건 바로 내 꿈 찾기 게임 노트였다!

학예회 발표가 있은 뒤부터 한동안 언니의 무언극이 화제가 되었다. 무언극 공연을 본 6학년 학생들과 선생님, 학부모들 입을 통해 나온 이야기들을 우리 반 아이들이 듣고 와서 떠들어 댈 때마다, 나는 어깨가 으쓱해지면서도 어쩐지 가슴이 찡했다.

배롱나무 아씨가 드러누웠다. 심각한 타박상. 사람들은 하나같이 노인네가 주책이라는 둥, 나이도 모르고 인라인스케이트를 탄다고 할 때부터 알아봤다는 둥, 말이 많았다. 누가 뭐래도 나는 배롱나무 아씨가 빨리 나아서 다시 인라인스케이트 타는 모습을 보고 싶었다.

아씨가 사라진 텅 빈 골목에서, 그리고 공터에서, 배롱나무 집에서 느낄 수 있었다. 아씨는 꿈 많고 용감한 소녀였다는 것을. 아씨 말대로 할머니가 아닌 진정 아씨였다는 것을.

나는 재등산에 가서 들꽃을 한 아름 꺾어서 병문안을 갔다. 아씨가 환호성을 지르며 반겨 주었다. 나를 반긴 것인지 아니면 꽃을 반긴 것인지는 잘 모르겠지만, 어쨌든 귀를 찌르는 탄성이었다.

"이야, 반갑구나!"

아씨 옆에서 하회탈 할아버지와 친구들이 몇 명 이야기를 나누고 있었다. 나는 그날 하회탈 할아버지가 작가라는 사실을 처음으로 알았다. 작가라니! 할아버지가 조금 멀게 느껴졌다. 슬그머니 일어나려는데 하회탈 할아버지가 말했다.

"우리 꼬마 친구도 꿈 통장을 만들었다는구먼."

"대단한 친구가 또 있었군그래. 또 모르지, 훗날 또 한 명의 여류작가가 탄생할지."

무슨 이야기인지 모르겠다. 나는 머뭇거리다가 내처 앉아서 귀를 기울였다.

"그래 이 친구도 따지고 보면 꿈 통장 덕에 작가가 된 것 아닌가."

"그래, 내 어릴 적 꿈이 작가였지. 그 꿈을 꿈 통장에 고스란히 저축하면서 이날까지 이자도 듬뿍 받아 왔지. '행복'이라는 이자 말이야."

행복이 바로 이자였구나!

"지혜야, 꿈을 이뤘다고 해서 행복한 게 아니란다. 꿈꿀 때, 바로 그때가 행복한 거야. 이 할아버지 말 알겠지?"

"그러면 할아버지는 지금도 꿈꾸고 계신 거예요?"

"그렇고말고. 내가 돌멩이는 아니잖니? 그렇지?"

아차차! 또 잊을 뻔했다. 할아버지 맘은 언제나 이팔청춘이라는 사실!

배롱나무 집을 나올 때 노을이 지고 있었다. 배롱나무 집에 감도는 불그스레한 기운이 아름다웠다. 간간이 들리는 호탕한 웃음소리가 바짓가랑이를 잡고 늘어지는 것만 같았다.

집이라는 것, 가족이라는 것, 저렇게 화기애애해야 하는 거 아닐까 하는 생각이 들었다. 그러면 내가 남모르게 외롭지도 않을 텐데. 누가 들으면 엄살이라고 할지도 모르지만, 우리 집에서 나는 정말 외로웠다. 엄마 아빠 언니 모두 내가 옆에 있어도 나를 못 봤다. 비록 공부는 못하지만 꿈 많은 서지혜를 보려고 하지 않았다. 엄마는 툭하면 '공부해~' 하며 내게 소리쳤고, 언니는 툭하면 '공부도 못 하는 게' 하며 꿀밤을 먹였다. 아빠는 툭하면 왕 피곤이 얼굴로 '피곤해, 저리가.' 하며 손을 내저었다.

나는 배롱나무 집으로 다시 뛰어들고 싶은 걸 참고 집을 향해 발걸음을 떼어 놓았다. 엄마 아빠는 퇴근했을까. 언니는 학원에서 왔을까. 어쩌면 엄마 아빠는 또 늦을지도 모르고, 언니는 독서실에 처박혀 있을지도 몰랐다. 그러면 나는 여느 때처럼 혼자 밥을 먹겠지. 아는 사람은 다 알겠지만 혼자 먹는 밥은 정말 맛이 없다.

나는 발길을 돌려 햄버거 가게로 향했다.

행복이라는 달콤한 이자

"할아버지가 오래전부터 꿈꾸던 일을 이제야 이루게 됐구나."

"이 친구도 오랫동안 꾸어온 꿈이란다."

"내가 꾼 꿈 중에서 가장 큰 꿈이지."

"이번엔 제일 높은 이율로 이자를 받겠구먼."

"배낭 메고 다닐 거여."

"버스도 타고, 배도 타고, 능선도 타겠지."

"몇 달 잡지만, 모르지. 1년이 될지도.

배롱나무 아씨는 보름여 만에 자리를 털고 일어났다. 사람들은 노인네가 이제 다시는 허튼짓은 하지 않을 거라고 쑤군거렸지만, 나는 알고 있었다. 아씨는 또다시 인라인스케이트를 타리라는 것을. 아씨는 용감하고 꿈 많은 아씨니까.

학교에 전염병이 돌기 시작했다. 전염병 때문에 학교가 들썩들썩했다. 꿈 찾기 게임 노트 만들기가 바로 그 전염병이었다. 아이들은 저마다 꿈에 부푼 얼굴이었다.

우리는 11월호 학급신문을 마지막으로 게시판에 걸었고,

담임 쌤은 3월호부터 11월호까지 철해서 반 아이들에게 나눠 주었다.

"한 해 동안 우리 학급에서 있었던 이런저런 일들. 너희들의 이런저런 꿈과 이야기들. 참 많은 기사가 실렸다. 이 신문이 너희들한테 좋은 추억이 되면 좋겠다."

신문을 받아든 아이들의 얼굴은 많은 감정을 싣고 있었다. 담임 쌤은 방학할 때까지 방과 후에 신문기자 실습할 학생들을 모집했다. 물론 무료봉사였다. 우리 반에서는 반장 승원이와 소식통인 혜령이가 신청했다.

언니 반 담임 선생님은 무언극 반을 만들었다. 재미랑 나는 두말하지 않고 무언극 반에 들어가기로 의기투합했다.

언니가 무언극 반에 들어가겠다고 선언하자. 엄마는 뜨악한 표정을 지었다. 그렇지만 언니한테 하지 말라는 말은 하지 않았다. 아빠는 대찬성이었다. 흐뭇한 표정으로 언니 어깨를 두드리며 잘해 보라고 했다.

기말 평가에서도 언니는 올백을 맞았다. 지독한 공붓벌레. 언니가 예전과 다른 점이 있다면 그것은 짜증을 부리지 않는

다는 거였다. 내가 해 준 매운 고추 박힌 떡볶이를 먹고도 화를 내지도 않았다. 화를 내기는커녕,

"히야, 이 떡볶이 맛 독특한데!"

용감했다. 변신은 용감한 사람만이 할 수 있다고 아빠가 그랬다. 사실은 잘난척쟁이 골탕 좀 먹어 보라는 심보였던 나. 머쓱했다. 언니는 매운 고추를 빼내고 대신 사과를 곁들여 먹었다. 매운 고추 떡볶이가 아닌 달콤한 사과 떡볶이가 된 셈이었다. 예전 같으면 짜증을 내며 팩 토라졌을 짜증쟁이가 다른 사람이 된 것 같아서 조금 불안했다. 언니는 요즘 카프카의 '변신'을 읽고 있었다. 그 책이 언니를 변신시키고 있는 것은 아닌지 궁금했다. 나도 읽어 봐야겠다.

아니나 다를까. 나는 또다시 학수고대하던 풍경을 볼 수 있었다. 인라인스케이트를 탄 배롱나무 아씨! 그런데 뭔가 달라졌다. 허리를 한껏 구부린 자세라니! 아무래도 아씨가 겁먹은 게 틀림없었다.

"아씨, 다칠까 봐 그렇게 잔뜩 몸을 숙였어요?"

"다칠까 봐 이러는 것 같니?"

"그럼 아니에요?"

"정면 돌파하는 거여."

"네?"

"정면 돌파!"

돈키호테보다도 용감한 아씨한테 하마터면 겁쟁이라고 할 뻔했다.

"참새랑 한 판 붙으려면 어지간해서는 안 된다고 그러더구나. 참새는 날개가 있지만 자기는 없으니 온몸이 날개가 돼야 한다나."

언제 왔는지 하회탈 할아버지가 아씨를 지켜보며 넌지시 귀띔해 주었다.

"저 친구는 저러면서 살아. 날마다 소소한 꿈을 꾸면서 말이야."

"소소한 꿈?"

"그래. 억만장자가 되고 싶다거나, 유명인사가 되고 싶다거나 그런 꿈이 아닌 작디작은 꿈들이지. 자전거를 실컷 타

보고 싶다거나, 꽃밭에 과꽃을 담뿍 심고 싶다거나, 스웨터를 짜서 이웃에게 선물하고 싶다거나 하는 꿈들 말이야. 이룰 수 있는 작은 꿈들이 많으니까 그만큼 많이 행복하대."

무슨 얘기인지 알 듯했다.

"우리 꼬마 친구 꿈 통장도 지금쯤 제법 묵직해졌겠는걸."

할아버지는 그저 지나가는 말처럼 이렇게 말했다. 나는 "네, 할아버지." 하고 힘주어 대답했다.

"이자는 꼭 챙겨야 한다."

"네. 이율이 제일 높은 이자로 받을게요."

"하하하하……."

"호호호호……."

할아버지 입김과 내 입김이 한데 섞이더니 어디론가 사라졌다. 저 앞에서 아씨 입김이 하얗게 피어오르고 있었다. 내년쯤에는 아마 이 골목에서 아씨와 참새의 인라인스케이트 경주가 펼쳐질지도 모르겠다. 늦가을의 차가운 공기가 유난히 맑고 신선하게 느껴졌다.

서리가 내리더니 날이 부쩍 차가워졌다. 배롱나무 이파리들도 어느덧 다 떨어져 버리고 앙상한 가지만 남아 을씨년 스러웠다. 이제 인라인스케이트를 탄 배롱나무 아씨를 볼 수 없었다. 아씨가 있어서 활기차게 보였던 골목들이 풀 죽어 보였다. 공터에는 이따금 아씨를 불러내려는지 바람이 휘파 람을 불며 휘돌다가 맥없이 사라지곤 했다.

공터가 방학을 맞은 것처럼 우리도 방학을 맞았다. 방학 동안 재미는 거의 우리 집에서 살다시피 했다. 집에 있으면 엄마 잔소리를 끝없이 들어야 한다면서 차라리 우리 집이 편 하다고 했다. 우리는 함께 무언극을 하며 시간을 보냈다. 언 니는 공부하는 틈틈이 무언극에 끼었다. 나는 가끔 언니가 꾸고 있는 꿈들이 궁금해졌다.

"언니는 어떤 꿈 찾기 게임을 해 볼 거야?"

내가 묻자, 언니는 망설이지 않고 대답했다.

"치과의사, 내과의사, 피부과의사……."

언니가 손을 꼽아 가며 말했다. 어이가 없었다.

"뭐가 그래? 다 의사잖아."

"변호사, 판사, 교수……."

"잘났어, 정말. 완전 엘리트 직업이네.

"무언극 배우, 요리사, 가구디자이너……."

무언극 배우는 어느 정도 예상했지만, 요리사나 가구디자이너는 뜻밖이었다.

"아무래도 난 하고 싶은 게 너무 많아."

오잉? 이건 내 버전인데. 언니도 전염되었다. 다시 보니 언니 입술 위의 점도 그런대로 봐 줄 만했다.

재미가 재영오빠 거라며 책을 한 권 가져왔다. 정현종 시인의 시집이었다.

"난 동화책이나 만화책이 좋은데."

내가 투덜거리자 언니가 재빨리 재미 손에서 낚아채 갔다.

"이거 나 빌려줘."

"우리도 아직 안 읽었는데."

재미랑 나랑 거의 동시에 소리 질렀다.

"그럼 잠깐만."

언니는 급히 방으로 가더니 책을 한 권 들고나왔다.

"이거랑 바꿔 읽자."

언니는 책을 집어 던지다시피 하고는 자기 방으로 사라져 버렸다. 언니가 주고 간 책은 카프카 소설책이었다. 재미랑 나는 어안이 벙벙한 얼굴로 서로를 바라볼 뿐이었다.

재영오빠 시집은 날마다 언니의 다용도 꽂이 맨 위 칸에 떡하니 꽂혀 있었다. 언니는 틈만 나면 오빠 시집을 꺼내 읽었다. 그렇다면 언니가 재영오빠를! 이럴 수가. 오빠는 내 로망이었는데. 그렇다고 자매지간에 피 터지게 싸울 수는 없으니까 내가 양보해야겠다. 왜? 내가 언니보다 꿈 찾기 게임이 앞섰으니까.

내가 앞섰든, 언니가 앞섰든, 그런 건 중요하지 않았다. 중요한 건 우리들의 꿈 찾기 게임은 계속될 거라는 거였다. 때때마다 행복이라는 달콤한 이자도 듬뿍듬뿍 받아 챙길 것이라는 거였다!

엄마가 웬일로 어린이뮤지컬 '피노키오'를 보러 가자고 했다. 언니 공부 방해된다고 그 어떤 가족 행사도 만들지 않던 엄마였다. (어쩌다 목재 체험장에 가긴 했지만.) 이러다가 우주의 대변화가 일어나는 거나 아닌지 모르겠다. 해가 서쪽에서 뜬

다거나 하는 재밌는 변화 말이다.

뮤지컬을 보는 내내 엄마는 나와 언니 사이에 앉아서 줄곧 우리 손을 꼭 잡고 있었다. 엄마가 내 손을 그렇게 오랫동안, 또 그렇게 꼭 잡아 준 적은 이제까지 단 한 번도 없었다. 그저 공부 안 한다고 구박하고, 말썽 피운다고 타박하고, 맘에 안 든다고 짜증 내던 엄마였다. 내가 쾌활하고 씩씩하다고 상처 안 받는다고 생각했다면 그건 오해다. 나도 상처받을 만큼 받았다. 돌멩이가 아니니까. 많이 아팠고 많이 화났다. 그럴 때마다 누구보다도 엄마한테 기대고 싶었지만 그럴 수 없었다. 엄마는 언제나 바빴고, 또 엄마 옆에는 공부 잘하고 말썽 안 피우는 잘난 언니가 있었으니까.

나는 위로해 줄 엄마를 잃어버린 채 무작정 달려갔다. 달려가면 그곳에 배롱나무 집이 있었다. 배롱나무 집은 엄마의 품처럼 따뜻하고, 고향처럼 푸근하게 나를 반겨 주었다. 나는 배롱나무 집에서 갓난아이처럼 평화롭게 깊은숨을 쉴 수 있었다.

하회탈 할아버지는 때로는 엄마처럼 때로는 아빠처럼 나

를 위로해 주었다. 내 상처가 아물고 새 살이 돋게 해 주었다. 배롱나무 아씨는 온몸으로 꿈꾸고, 꿈꾸는 행복을 온몸으로 만끽하는 모습을 내게 보여 주었다.

"여기 배롱나무 집에 새로 이사 온다네?"

배롱나무 집을 지났을 때 엄마가 말했다. 순간 내 몸이 돌처럼 굳어졌다.

"갑자기 왜 그래? 빨리 가자."

엄마가 내 팔을 잡아끌었지만, 움직일 수 없었다. 몸이 덜덜 떨렸다.

"우리 지혜, 많이 춥구나."

아빠가 외투를 벗어서 내 어깨에 둘러 주었다.

"누, 누가 그래?"

"으, 응? 뭘?"

"배롱나무 집 이사 간다고 누가 그러냐고?"

"어제 슈퍼 아줌마가 그러던데. 왜?"

"안 돼."

나도 모르게 악을 썼다. 나는 놀라는 식구들을 길거리에

남겨 두고 뒤돌아 뛰었다.

배롱나무 집은 조용했다. 누렁이만 꼬리를 흔들며 나를 반겨주었다. 안방 문도 사랑방 문도 굳게 닫혀 있었다.

"할아버지~."

안방 문이 벌컥 열렸다. 아씨였다.

"참새 왔어? 어서 들어와."

나는 아씨 말이 떨어지기 무섭게 안방으로 들어갔다. 할아버지가 찐 고구마를 까면서 흠흠하니 웃었다. 정말 이사 가시냐는 말이 목구멍까지 올라왔지만, 참고 기다렸다. 애먼 찐 고구마만 꾸역꾸역 먹어 댔다.

아무리 기다려도 할아버지와 아씨 누구도 이사 간다는 말을 먼저 꺼내지 않았다. 씹는 둥 마는 둥 넘긴 고구마가 걸려 대구 가슴을 쳐야만 했다.

"이걸 마셔라."

아씨가 묽은 매실차를 내밀었다. 매실차를 마셔도 얹힌 고구마는 잘 내려가지 않았다. 할 수 없이 내가 먼저 말을 꺼냈다.

"할아버지 이사 가세요?"

"아주 가는 건 아니란다. 몇 달 여행 갔다가 다시 올 거다."

"할아버지가 오래전부터 꿈꾸던 일을 이제야 이루게 됐구나."

"이 친구도 오랫동안 꾸어온 꿈이란다."

"내가 꾼 꿈 중에서 가장 큰 꿈이지."

"이번엔 제일 높은 이율로 이자를 받겠구먼."

"배낭 메고 다닐 거여."

"버스도 타고, 배도 타고, 능선도 타겠지."

"몇 달 잡지만, 모르지. 1년이 될지도."

1년이면 나는 초등학교를 졸업한다. 어린이 딱지를 떼고 어엿한 중딩이 되는 것이다. 그때도 내가 이제까지처럼 툭하면 배롱나무 집으로 달려올까. 잘 모르겠다. 차라리 1년 있다가 다녀오시면 안 될까.

"다시는 돌아오지 못할 긴 여행 떠나기 전에 다녀와야 할 것 같아서……."

"정면 돌파! 올 때는 내가 날개가 되어 올 테니 참새야, 그때까지 기다려 줄 거지?"

"그럼요, 아씨."

"놀러 오고 싶으면 언제든지 오거라."

할아버지도 없고 아씨도 없는데 누굴 보러 오냐고요오?

"우리 없는 동안 이 집에 살아 줄 친구가 아주 좋은 친구란
다."

아무리 그래도 할아버지만 하겠어요?

"글을 쓰는 청년인데 맘씨가 아주 고와."

설마 할아버지만큼 고울까.

"핸섬하고요."

"응 그래. 미남이고."

"아이들을 퍽 좋아하지."

할아버지만큼이요?

"그러니 친구들 데려오면 좋아할 거야."

나는 말없이 고구마만 먹어 댔다.

"체하겠다. 천천히 먹어."

아씨가 불호령을 내렸다. 이크.

"배가 많이 고팠구나?"

할아버지의 저 하회탈 얼굴. 한동안 못 본다고 생각하니 갑자기 목이 콱 메었다.

"할아버지~."

어느덧 겨울이 지났다. 하회탈 할아버지와 배롱나무 아씨는 달랑 배낭 하나씩만 짊어지고 여행을 떠났다. 머잖아 할아버지와 아씨는 배낭에 행복이라는 달콤한 이자를 꽉꽉 쟁여 넣고 돌아올 것이라고 나는 믿었다.

나도 할아버지와 아씨가 없는 동안에도 잊지 않고 그 달콤한 이자를 꼬박꼬박 챙겨야겠다. 그래야 할아버지와 아씨가 돌아왔을 때 자랑할 수 있을 테니까. 단, 할아버지 말대로 서두르지 않고 느긋하게 저축할 생각이었다. 내게 주어진 많은 시간을 맘껏 즐기면서. 배롱나무 아씨처럼 온몸으로 작은 행복들을 만끽하면서. 그런다고 뭐랄 사람은 없겠지.

할아버지와 아씨가 떠나간 빈자리에 '글 쓰는 청년'이 들어왔다. 할아버지와 아씨는 그를 '청년'이라고 말했지만, 아무리 봐도 내 눈에는 청년이 아닌 할아버지로만 보였다.

"나이는 숫자에 지나지 않는 거여."

문득 아씨 말이 떠올랐다. 나는 아씨의 말을 생각하면서 담 너머로 한동안 '청년'을 바라보았다. 한참을 그렇게 있자니 이상하게도 그 할아버지가 정말로 잘생기고 맘씨 좋은 청년으로 보였다. 어쩐지 하회탈 할아버지가 없는 동안 '청년'이 할아버지 대신 내 친구가 되어 줄 것만 같았다.

나는 손나팔을 만들어 소리쳤다.

"할아버지~."

'청년'이 나를 보고 해맑게 웃었다.

나의 어머니는 일흔에 자전거를 배우셨다.

머리가 하얗게 센 어머니가 자전거를 타시던 모습이 눈에 선하다.

푸른 새벽에 자전거를 타고 마당을 휘저으시고, 노을빛 물든 골목길을 흔들어 놓으시던 어머니.

어머니는 그렇게 꿈을 꾸고, 꿈을 가꾸셨다.

나는 어머니를 통해 꿈이라는 게 꿈꾸는 사람을 얼마나 행복하게 만드는지 보았다.

그리고 얼마나 당당하게 만드는지도.

자전거를 배우시던 어머니를 생각할 때마다 다짐하곤 한다.

나도 어머니처럼 머리가 하얗게 센 일흔이 되어도 꿈을 꾸겠노라고.

171

어느 날 나는 자전거를 타시던 어머니를 그리워하다가 지혜를 만났다.

자신의 꿈이 무엇인지 알아보기 위해 꿈 찾기 게임을 시작하는 지혜.

지혜가 명랑하게 말했다.

"나랑 같이 꿈 찾기 게임 하자."

한창 꿈을 꾸어야 할 청소년기.

그러나 이 찬란한 청소년기에 꿈이 없다고 말하는 청소년이 많다. 이런 청소년이 지혜와 함께 꿈 찾기 게임을 시작하기를 바라는 마음 간절하다.

지혜가 말한다.

"너도 꿈꿀 수 있어."

"꿈을 꾼다는 건 꿈을 이룬 것만큼 행복한 일이야."

자, 지혜와 함께 신나는 게임을 시작해 보자.

재밌는 꿈 찾기 게임을.

- 용인의 어느 산골짜기에서 김애란